直接
證懼
神鬼當鋪3
Chang
Kuo-Li
張國立
著
Cola Chen——繪

人物介紹

鄭傑生　十七歲高中生，綽號小傑，鄭記當鋪第九代接班人，急著要搶在爸爸「三七」（死後二十一天）之內查出死因，否則……

鄭鵬飛　鄭傑生的爸爸，鄭記當鋪第八代老闆，猝死店內留下種種謎團給兒子，家族的陰影、當鋪的祕密即將水落石出。

竹內智子　小傑的媽媽、鄭鵬飛已離異的妻子，雖然不相信前夫經營當鋪的神鬼之說，可是她沒忘那甜蜜的「摳腳心的約定」。

羅　曼　小傑的死黨好友，爸爸是里長伯，拜師「千歲宮」黃阿伯。愛耍嘴賤，對喜歡的女生害羞閉俗，極度害怕「那個字」。

羅　蕾　穿繡花鞋登場的神祕小女孩，食量驚人，語言學習快速，不知是人是鬼還是妖，真實身分即將被揭穿……

里長伯　羅曼的爸爸，連任八屆里長，鄭鵬飛、黃阿伯的老鄰居兼好友。

里長婆　羅曼的媽媽，復健科醫師，認養神祕小女孩羅蕾之後就不太理親生兒子了。

黃阿伯　千歲宮師公，羅曼的師父，鄭家的鄰里好友，打算用宗教的方式協助小傑追查鄭鵬飛之死，還要費口舌跟昺法醫解釋。

昺法醫　台北市相驗暨解剖中心法醫，參與多起死亡事件調查，篤信科學不信鬼神，不斷吐嘈黃阿伯之餘似乎信念開始動搖。

林道長　慈祥宮師公，黃阿伯的道友，協助小傑觀落陰找鄭鵬飛，探尋父親的死因。

姚重誼　台北市某派出所二線一星資深巡官，打算用警察的方式協助小傑追查鄭鵬飛之死，因而牽扯上一樁死囚過去犯下的命案。

老　倪　台北市警局刑警大隊大隊長，姚巡官這次追查死囚於七年前犯下的命案，他是當年的調查負責人。

周在福　即將伏法的死囚，被認為是一樁公車爆炸案的真凶且謀害親弟弟，可是他對姚巡官說自己是被冤枉的。

張寶琳　家住台南的女孩子，羅曼很哈她，她則是對小傑家經營的當鋪生意深感興趣，參與協助調查鄭鵬飛之死。

目次

第一章

長在元辰宮內的松樹

沒人打電話給死刑犯

很多年前，手機出現前的傳說，如果在深夜準十二點撥打市話 999-999-999，大約等待九秒，當聽到喀的接通聲音，請不要出聲，靜靜地聽……

日本的說法，也是幾十年前言之鑿鑿的傳說，也是深夜，090-4444-4444，聽到風聲、樹葉聲，和遙遠的嘆息聲。

—— ** ——

「看到很多人來來去去。」小傑眨著眼睛說。

「說清楚，怎樣的來來去去。」黃師公沒再點菸。

「像黃昏，很黃昏的黃昏，快要天黑的黃昏，我前面一條街，沒汽車，很多模糊的人影來來去去。」

「接著說。」

「很冷，二月過年時候寒流來襲，等公車情不自禁跳腳那樣的冷。」

戴眼罩蒙住眼的小傑在林道長的「陰府路上速啟程，快快轉身出壇門，筆直大道往關口，金銀錢財買路過」咒語聲中，忽然發現自己處於一片濃霧裡。

他幾經猶豫，最後決定請千歲宮的黃師公帶他觀落陰，抵達林道長的慈祥宮後，當然又各種退縮。戴道冠穿道袍的林師公鼓勵他，不用怕，全程我陪你，要是不舒服，你喊我。

於是小傑坐在臨水夫人神像前綁了眼罩，林師公在他耳邊輕聲如唱歌般唸著：「天明地清，有請夫人示明路，陰路接陰府，各方神明來接應，大路平，通黃泉，小路窄，透奈何。找父母找親情，我倆慢步朝前行。見橋過橋，見山穿山，牛頭馬面有城隍，神眼靈耳伴媽祖。緊行緊走，夫人燈籠照前路。」

略感暈眩，停在原地一陣子，張開眼，他被濃霧包圍，分不清東南西北。低下頭，霧如退去的溪水，他看到一條路，泥土路。林道長聲音傳來：看到路沒，朝前走。

彷彿有什麼東西為他開道，每邁出一步，霧即向兩旁散去。

聽林道長的指示，小傑小心往前走。不久看到遠方出現紫色光芒，氣溫略微回升，不會冷到抖，但照樣夠冷。

可能霧稍散，看見兩邊人影晃動，明明小傑走得很快，有的人影更快，趕去上班看秀什麼的，同一方向。

小傑也加快速度，走得忘記寒冷，汗衫全溼了，抬頭看遠方，朦朧的紫光不見，霧有時露出縫隙，換成刺眼金光，不是陽光，接近汽車大燈的亮度。

就在強光穿過濃霧刺得小傑不自覺舉手遮眼時，一團灰影撞上他。

冰，撞擊那一瞬間他幾乎不能行動，抬起的左腳僵在半空，不管多用力也踩不下去，冷到以為自己凍成冰棒。

除了冷，灰影軟軟的，像果凍。他發抖地說，林師父，我不能動。

林道長的聲音穿過迷濛的濃霧：小傑，深吸一口氣，慢慢吐出去，感覺到左腳麼，很好，放下左腳，輕輕放下再伸出右腳。

整個身體朝前壓，左腳踩到地面，他拔起黏住的右腳往前邁，走出兩三步後即恢復自然，不過不同形狀的灰影不停地搶到他前面，得隨時留意閃躲，有點下午六點半走進北捷忠孝復興站的焦慮感。

連電扶梯也和忠孝復興站相似，看不到底的階梯，往下走重力加速度似地根本停不住腳，誰推他背心，踏空一步，身體往下墜，心臟上升到嘴裡讓他叫不出聲。

他心裡尖叫，林師父，救我。

救他的是一根拐杖，明明由上往下墜落，怎麼變成向前衝得快摔倒。拐杖攔在他肚子，上半身失去平衡向前翻，翻過拐杖落在鋪滿落葉的地面。

確是根拐杖，和登山用的不同，木頭的，兩個巨大木節使它看起來彎曲。

爬起來，快。林師公的聲音很遠。

輕易便站直身體，沒有地心引力了麼。當他拔腿跑步，覺得身子飄在空中，飄在霧上面，看見沒有邊際的霧在腳下如小河般流動。

快。小傑用力划動兩臂，前面閃著令他睜不開眼的強光。

不知誰伸手壓他的兩個肩頭，壓過頭了，小傑重重摔回溼滑的道路，這時清楚聽到林師父的聲音：跑錯方向，背著光跑。

霧更濃，看不出強光方向，下意識向後轉，他繼續跑。

落葉太多太厚，路面太滑，身子左右搖擺，腳步混亂，想維持重心反使身體更向前傾，一步踩空，他朝前舞動雙臂試圖維持平衡，反倒失控摔倒。

落葉接住他，下巴疼痛，他滑在冰還是霜上，左臂摩擦發燙，兩腳勾到樹枝——那是什麼？

霧裡伸出無數隻手，有從袖子內伸來的，赤裸的，掛手鐲的，指甲比手指長的，只剩下拇指和無名指的。他踹，他踢，實在太多手，踢不完，眼看前面是樹林，他得立刻決定滑進樹林內還是剎在樹林外。沒機會思考，一隻露出青筋滴著鮮血的手抓住他左腳踝，指甲刺進腳掌邊緣，他痛得大叫。

跑反了。一個不是林師父的聲音帶著回音說。

他滑進樹林，身體下面是溼漉的泥漿，一大塊泥飛濺至臉上，帶著反胃的臭味。

想吐，來不及吐，他已經陷入長滿尖細茅草的沼澤，兩腳朝下蹬，像小時候掉進游泳池，踩不到底，幸好右手抓到樹枝，喘口氣，左手接力，緩緩把身體往上拉。

誰，誰在下面拉我的腳？

他喊，誰，我踹死你。兩腳輪流朝下踩。

張開眼睛。林師父遙遠的聲音。

臉上被溼泥蓋住，放開樹枝抹去泥，他張開眼，不是沼澤，大，冷，空曠的房間，比鄭記當鋪地下室大好幾倍，卻什麼家具也沒。本來遺忘或者消失的寒冷又回來，但他必須往前走，四面牆不出聲地朝他圍來，空氣變得稀薄，如果不走出房間，將被房間吞沒。

光線微弱，接近對面的牆壁，陰暗中摸到什麼，打開手機的電筒，嚇得手機幾乎掉落。一口小時候看過的木製棺材，兩頭高中間低，只摸了一下，滿手竟然全是碎裂溼軟的碎片，有些白色小點扭著細小軀幹，啊，蛆。

滾開，噁心，他用力甩手，不斷地甩，甩不掉。

用手機啊，叩誰來救他？叩羅曼，嘟嘟嘟，幹，跑去哪裡。叩阿三，不行，阿三一定在補習。

叩媽，她回來了，她從日本回來一個星期了。

媽？他手中根本沒有手機。

快出去。林師父的手揙在臉頰。

甩掉手背上的蛆，看見牆壁出現一個缺口，周圍的水泥正往內收縮。他朝前跳，跳進破洞，感覺水泥觸及他的腰，他的屁股，他的腿。

鑽出去了，喇叭聲響起，方形汽車的車輪一高一低駛過身旁，駕駛座內的人戴眼鏡，扁的人，比蔥油餅還扁。

蔥油餅轉向他，眼鏡變成無數的蔥花。

小傑滾到路邊閃過，勉強爬起身。路上有人騎馬，有人開車，還有人騎前輪大後輪小的古老自行車。看到很多房子，不像台北一棟樓接一棟樓，也不像台南市連成一排的透天厝，全是獨棟的，各種顏色都有。空氣瀰漫刺鼻氣味，想起來，黃師公千歲宮前面天公大香爐燒香的味道。

「你來了？」

突然一個陌生人向他招呼。

「你也來了。」他脫口而出。

接二連三，許多陌生人走出燒香形成的灰霧，每個人都對他說：

「你來了？」

他們用問句說你來了，不是句號的你來啦。

我來了嗎？這是哪裡，我來這裡做什麼？來了多久，是不是該回去？為什麼來這裡？林師父，慈祥宮的林道長，還有黃阿伯，另外一張看不清的臉孔，他貼近看，聞到菸味，咼法醫也來了？

不，他來這裡是為了見——

爸呢？

沒看到爸，猛然回頭，卻見一道灰影如電燈熄滅前一閃而過的光影。

聞出衣服沒晒乾的潮溼氣味，媽在的時候沒有，後來爸沒了媽，衣服沒晒乾就穿。想起來，爸夏天只有三件千歲宮和拉麵店送的T恤，冬天永遠穿同一件夾克。

爸。他喊。

明明用盡氣力喊，聲音沒出去，像被封在一大塊麻糬裡面，動作和聲音全被黏住。

爸。他划動兩手用力喊。

——＊＊——

兩星期前鄭鵬飛下午五點多躺在鄭記當鋪櫃檯後面失去呼吸，發現的是他剛放學的兒子鄭傑生。誰都有點隱疾，誰都難猜ＤＮＡ裡藏了什麼突然要命的祕密突然不知什麼時候爆發要人性命，不過鄭鵬飛死狀令人起疑，臉孔朝天花板、身體呈大字形躺著，頭部不遠處擺著一盞手掌大小蓮花造型的燭臺，兩手掌旁則各一支傾倒的蠟燭，分明擺好姿勢才死。

昺法醫經過一而再的驗屍，只能以自然死亡結案，他的說法是：

「怎麼能不自然，身體無外傷，體內五臟俱全不說，沒腫瘤，沒血栓，根本查不出死亡原因，是不是夠自然？比走路踩到狗屎還自然。」

警方查過現場，無打鬥痕跡，第一個到現場的十七歲兒子鄭傑生證實店門內鎖，他用鑰匙開門，所有陳設如常，未發現異狀，鄭鵬飛如睡著般，不過失去了呼吸。

鄭鵬飛未保人壽或意外險，不產生保險金疑慮；離婚後未和其他女子交往，其前妻當時不在台灣，無情殺可能性；銀行存款有限，舊公寓與鄭記當鋪的店面理所當然由獨子鄭傑生繼承，不產生覬覦遺產而被謀殺的考量。

簡言之，找不出鄭鵬飛死亡原因，但當他前妻智子來到台灣，他的靈魂或者鬼魂摳了智子的腳心。

深夜，智子一人睡在以前的大床，十幾年前鄭鵬飛尚未接手鄭記當鋪，竹內智子忙著律師考試，對未來充滿期望的兩人親密地聊起死亡，不免講些愛妳三生三世、或愛你愛到山窮水盡的承諾，某夜大概情話講得無以為繼，鄭鵬飛摸著智子的腿說，如果我先死，而且死後果然有另一個世界，我回來摳妳腳心。

那時智子笑得如春雨裡顫動的花朵，情不自禁縮起兩隻腳。

摳腳心，智子形容，對方伸出食指，彎成阿拉伯數字的7字形，嘴湊近7呵出氣，這時沒穿襪子的腳就扭曲了。

接著鄭鵬飛靈魂以7字形的食指對準智子腳心用似接觸到似未接觸到的距離，毫不客氣摳起腳心。

「智子為什麼不躲開？」昺法醫看著黃師公既厚且黃的腳底板。

「你小時候玩過摳腳心沒？玩這個遊戲的前提是對方的腳不能動。」

「為什麼不能動？」

「聽過鬼壓床沒？」

「學術名稱為睡眠麻痺症，睡眠障礙，別誣賴鬼。」

黃師公只好點起一根新樂園，表示不願玩昺法醫抬槓的遊戲。

旁邊聽他們近乎吵架的其他人當然明白黃師公的意思，一是被搔癢的人早被壓制得腳不能動，二是，誰沒經歷過鬼壓床，清楚明知鬼壓上身體卻無法嘶喊或移動的困境。

智子的狀況稍有不同，當初她和前夫鄭鵬飛恩愛時，兩人做完愛抱在一起聊死亡，彼此做的承諾，可以忽略摳腳心代表另一世界果真存在的，記得那段恩愛更實在。

「死後的世界和我們活人的世界有什麼不同？我們吃飯，聽說他們吃燒香產生的煙？」咼法醫看著女道士笑吟吟步出宮廟，送來一盒不知內容的點心，「拜託，醫學證實燒香產生甲苯、乙腈、丁二烯、氯苯，對人體不好，會致癌，你們居然鼓勵信徒燒香。說吧，鄭鵬飛死後看到的世界到底算什麼世界，給老百姓一個交代。」

咼法醫兩眼死盯著細長條狀，印了櫻花的點心盒子。

「小傑現在去證明了，不是？」黃師公用冒火的菸頭指向慈祥宮的大門。

正好林道長領著小傑出來，黃師公招呼他：

「坐，順利吧，小傑，下去了？」

「嗯。」小傑向林道長鞠躬，「謝謝道長帶我下去。」

「緣分，你思念的人也思念你。」

「說說過程。」黃師公看著臉龐已回復血色的小傑。

「天黑了，不是烏雲，半夜停電的黑。我不知道該往哪裡走，聽到林師公的聲音，可是聽不清楚，很多人講話，對，講手機，這個人講那個人講，還有軌道聲和小朋友的哭聲。」

「喝口茶，你剛回到陽間，用力呼吸。」黃師公在他耳邊唸經，「天靈靈，地靈靈，過往邪靈退兩邊。」

「我沒事。」

「慢慢說，還有聲音？」

「沒了，啊，太陽晒得好舒服。」

他們坐在慈祥宮外的一棵大樹下，岔出的樹枝像傘骨般撐起無數葉片遮住滾燙的陽光，幸而葉片間空隙透出蔚藍的天空。

「你回到陽間了，剛才說到你在黑暗裡。」

「忽然有個老先生出現在我面前，叫我跟他走。」

「長什麼樣子？」

「沒辦法說。應該說我感覺他是個老先生，不記得他的臉還是身上穿什麼樣的衣服。」

「帶你去哪裡？」

「我們走很久，穿過那條街，很快到了一大片稻田，剛插了秧的田，綠油油的，田旁有棟茅草房子。」

「農夫呢？」

「沒看到，我們只是經過。老先生帶我走進很窄的山路，彎曲的山路，長得和我差不多高的芒草刺得我臉孔很痛。走出山，前面是河和河上的橋。」

「木橋、水泥橋？河多寬，淡水河那麼寬還是新店溪那麼寬？」

「不記得淡水河多寬，看不到對岸，如果不是有橋，以為到了海邊。對，木橋，一塊一塊木板釘成的橋，也有木頭做的欄杆，往對面伸去，伸進霧，看不到橋的終點。」

黃師公維持大約十多分鐘的沉默，小傑睜著眼看他，昺法醫想說什麼卻沒說出口。

「橋上沒人？」

「沒人，空的橋。」

「有船嗎？我是說小的舢舨。」

「沒看到，起了霧，河面全是煙霧。」

「你和老先生過了橋？」

「不記得。想起來，橋頭有個人，看不清楚，他站在那裡不動，瘦瘦高高，我想過去，聽到雷聲，很遠，像從海平線另一邊傳來的雷聲。老先生拍我頭說時候沒到。橋不見了，變成長了雜草的路，老先生走在我前面。」

「穿長褲？哪種長褲，那個站在橋頭的人。」

「沒仔細看。」

「他拄拐杖嗎？引你路的老先生，你摔倒被一根拐杖攔住。」

「好像。我們經過的地方右邊有水的聲音，我猜那裡有河，霧從河面飄來，走路只要踩下去，就看不到腳。」

「橋呢？」

「不見了。走了不知多久，到了兩邊都是小房子的巷子，又看到來來去去的行人，也是灰灰的。」
「很多人？」
「不多，就是有的沒的一個人走過去，一個人走過來。」
「沒人對你還是老先生說話？」
「沒。老先生帶我到一間房子，灰灰的人影站在門口，好像認識我，對我說你怎麼來了。」
「你怎麼來了？你怎麼回答？」
「沒回答，只是跟老先生進去。」
「屋子裡有什麼？」
「一棵樹。」
「等等，」昺法醫忍不住了，「屋子幾坪大，客廳，臥室？你看到的那棵樹長在屋子裡？」
「只看到一棵樹，長在屋子裡。」
「講樹。」黃師公皺起眉頭，顯然不高興昺法醫的插嘴。
「就一棵樹，想起來，種在盆子裡，日本人的盆景那種樹。」
「盆栽。」昺法醫再次插嘴。
「松樹？」黃師公語氣沉重。

「大概，伸出好幾根樹枝，樹葉往上長。對，長得和牙刷差不多，每根樹枝像牙刷，牙刷的毛向上。」

「盆栽的盆子多大，飯碗大，電鍋大？樹多高，一公尺，五公尺？」

「花盆放地面，樹到我腰部。」

「繼續說。」

「老先生和屋裡那個人聊得開心，老先生笑不停，我站在樹前面，樹枝不動，我貼近看，樹葉搖動，電扇吹到那樣。」

「待在屋裡多久？」

「沒看時間，一下子。我們走出房子，外面不是剛才看到的小巷子，變成熱鬧的老街，有的賣元宵節用的燈籠，有的賣古早小朋友玩具，還有哆啦A夢玩偶。老街比大稻埕長，走到盡頭不是民生西路，另一條河，一樣，冒煙霧的河，老先生說今天到這裡，他不肯見你，他說你不該來這種地方。」

「誰不肯見你？」昃法醫喊。

「沒說，老先生問我看清楚沒？」

「看清什麼？」

林師公搬來一張塑膠板凳坐下，

「元辰宮。」

「元辰宮是什麼玩意？」昺法醫問。

「你的人生，裡面包括你的過去和未來，有人運氣好能看到生死簿，知道活多久。如果你前世今生做的善事多，屋子比較大，裡面裝潢好，樹長得大又茂盛。小傑算有緣人，見到元辰宮，可惜他還小，看到的不多。」

昺法醫啃著明明早過了草莓季節的草莓大福，吃得嘴邊和衣領盡是粉。

「小傑觀落陰，沒見到他爸爸，莫名其妙進了元辰宮，看到一棵樹，領路的老先生沒帶小傑吃夜市，至少該吃碗牛肉麵。」

「觀落陰，下去以後不能吃不能喝。」林道友笑著看昺法醫。

「不吃不喝，為見老爸一面，好不容易到河邊，鄭鵬飛不肯見兒子，小傑就回來了？」

「不是老先生帶我回來，林師公說我可以回來了，他解開蒙我眼睛的眼罩，我睜開眼已經回到慈祥宮，旁邊的師姐叫我上香。」

小傑也吃一枚草莓大福，照樣吃得滿嘴是粉。

「他下去，起先走錯方向，」林師公眼睛彎成下弦月，「大部分靈魂往光亮處去，我們稱為接引，小傑未死，萬一跟著走歹處理，這是我們陪觀落陰朋友從頭到尾的原因。」

「光亮，」昺法醫難得點頭，「科學界對死後世界的研究確有光亮說，幾名死後復甦的人都說見到強烈光線。」

「不嗆林師公？」黃師公瞄了昺法醫一眼。

「人家請我喝茶吃大福，禮貌周到，我嗆他幹麼。老道，輪你解析，小傑去這一趟的意義。」

黃師公仍喝他的茶，對林道友送來的草莓大福毫不賞臉。

「樹長得好代表小傑身體健康，屋子空的，小傑沒成年，看不到前世今生，倒是沒見到鄭鵬飛有點不尋常，小傑是他兒子，鄭鵬飛要是有冤情，該敞開胸懷對兒子說。」

「領路的老頭呢？不帶小傑去見鄭鵬飛，看元辰宮幹麼？」

「領路的不外乎太白星君、菩薩，別開口亂罵神佛，積點口德。」

「這次可能是土地公。」林師公補充。「下去的人有時見到思念的親人，有時見到元辰宮。」

「機緣，道友，原來觀落陰仍繫於機緣。」輪到黃師公補充。

「你們的邏輯論又冒出來了，什麼也沒看到，硬說成機緣，依我看根本，」他吞下詐騙二字，看得出費力更換另兩個字，「膨風。」

昺法醫吃第二顆草莓大福，吃法和一般人不同，兩手掰開大福，立刻滿手白粉，對著露出草莓的部分狠狠大口咬下，一滴迸射出的紅色汁液飛濺至小傑T恤，炸射成一朵小花。

痛，黃師公心裡替大福喊了一聲。

「等於小傑觀落陰白忙一場。沒科學根據的不必試，否則大家來觀落陰看到元辰宮，記下哪年哪月會發達，回家躺平，時間到，張忠謀派人來請，投資開間MVIDIA、NVIDIA，皮蛋VIDIA，股票一年內漲三千倍，淹死比爾．蓋茲，用金塊砸死馬斯克。」

黃師公站起身伸懶腰，當㽞法醫開始胡言亂語，表示失去耐心，沒人請他來，偏偏什麼都跟，以為自己是大狗仔，不揭發別人隱私不高興。

「你說，如果觀落陰有芝麻大的道理，鄭鵬飛怎麼不見小傑？」

「很多理由，人死的樣子不好看，怕嚇到兒子。」

「怕嚇人？不都是鬼嚇人，這是鬼的責任。如果怕嚇人就別當鬼。」

黃師公搖搖頭，透露孺子不可教也的懶得計較。

「沒有父親不愛子女，假如鄭鵬飛死於無法克服的原因，當然不想把兒子捲進他的糾紛，讓兒子背負前一代恩怨。天下父母心。還有個可能，他的死因不能讓兒子知道。」

「為什麼？」

黃師公抽出菸，再把菸塞回菸盒，

「你的問題多，我想只有鄭鵬飛能解答，請林道友送你下去觀落陰好了。這次，道友，走丟了㽞法醫不必找。」

林師公摸摸小傑的頭，

「遇到了。」

「遇到什麼？」𦋐法醫抹著嘴。

「遇到他爸爸，站在橋頭邊的人。」

「你確定？」

林師公引導小傑觀落陰，從頭到尾站在他身邊解說並指引，這是他的堅持，每個觀落陰的人都由他或其他弟子陪同，以免發生意外，所以他清楚小傑下去的過程。

「道友，」黃師公看向林師公，「小傑到了自己的元辰宮，那棵樹有什麼深刻的意思？」

「代表小傑歷代祖先的風骨，樹葉朝上，樹幹挺拔。」

「見到一朵花怎麼辨？對不起，敝姓𦋐，上日下丙，正大光明的意思，台北市的法醫。」

「法醫，慈悲的職業。」

「慈悲？」

「死去的人進靈界前都經過你的照顧，無量壽佛。」

𦋐法醫的回答遲了很久，他擠出幾個字：

「原來我慈悲。」

「男人見到樹，女人見到花。」

「同性戀呢？」

林師公看向黃師公，兩名師公眼神交會的剎那，幾乎能看到閃著劍光的冰冷殺意。

「昺法醫，」黃師公收起殺人的眼神，「靈界是門學問，有空你隨時到千歲宮，我盡量說明，抬槓只是浪費時間。」

「我爸？為什麼不跟我說話？」小傑說的才是重心。

「不是每個觀落陰的人都能見到想見的人，」林師公和顏悅色，「看機緣，看對方願不願意。小傑，聽過日本開國神話沒？創造日本的是伊奘諾尊和伊奘冉尊兄妹，結成夫妻生下大地萬物和許多神明，可是生火神的時候，伊奘冉尊被燒死。伊奘諾尊違背妻子死前的要求，追到黃泉非把妻子搶回來不可，沒想到妻子已全身長蟲，面目全毀，不僅伊奘諾尊嚇一跳，伊奘冉尊也氣丈夫見到她醜陋的面貌，要殺伊奘諾尊。鬼，不見得敢見人。」

「希臘神話也有，」昺法醫不吃大福了。「妻子被毒蛇咬死，丈夫奧菲斯追進地獄，用他的七弦豎琴音樂打動冥王黑帝斯，准許他帶妻子回陽世，可是途中不可回頭看，沒想到奧菲斯忍不住回頭看，他的妻子從此墮入地獄。」

「為什麼不能回頭看？」

「書上沒寫，按照兩位法師先前的理論，我猜奧菲斯妻子回陽間的途中慢慢復元，變回以前美麗的容貌，沒變完成，一個眼睛長回來了，另一隻還是個空眼眶之類的。」

人呀，不能只美容半張臉。奧菲斯回頭看到醜陋的鬼，毀了。小傑，你以後會懂，結婚前的女人不讓男人看她們沒化妝的樣子，結婚以後就不在乎，有些男人說，同一個女人，婚前婚後不一樣，走黃泉路的意思。」

兩位師公不知該誇昺法醫，或忽視他，寧可選擇沉默。

「男人呢？」小傑問。

「男人呀，」昺法醫揮去老飛在他眼前的蒼蠅，「婚前婚後都是臭男人，女人習慣了，隨便她們回不回頭看，死鬼還是死鬼德性。」

黃師公拿起茶杯又放回去，林師公皺著臉，大約尿急了，倒是小傑點了頭，

「我爸有事想對我媽說，不能對我說，又怕我媽看到他死掉的樣子被嚇到，所以摳她的腳。以前我和他去菜市場，賣菜的說出價格，他對我眨眨眼，我懂菜漲價了。眨眼和摳腳意思一樣，他懂我懂，他懂我媽懂。」

三名老男人同時說出口：

「小傑聰明。」

小傑不在意聰不聰明，如果橋頭的影子是爸，不肯對他說句話，多少令人沮喪。

「我下去，好像有個東西跟我。」

「你下去？」

「聽他說。」黃師公接著唸出一段沒人聽得清的經文。

小傑看向林師公。

「說吧，我沒辦法解釋，說不定黃道友可以。」

「本來我沒注意，跟著那位老先生走，經過橋的時候覺得怪怪的，後面有聲音，很小的聲音，聽得出有人踮腳走路，可是回頭什麼也沒看到。」

「地獄裡的鬼走路有聲音？」昊法醫打斷小傑的話。

「我一直守在小傑旁邊，他看到什麼告訴我，以免，黃道友清楚，一路上不免有些不請自來的。」林師公兩手撐著大腿，「小傑說他聽到腳步聲，我要他跟著老先生往前走，神明領路，不管哪種孤魂野鬼不敢干擾行程。」

「孤魂野鬼跟你？」昊法醫鍥而不捨地追問。「為什麼不回頭看？」

「本來想，帶路的老先生走很快，我只好跟著他走。」

「很好，」昊法醫拍他大腿，「有了線索，誰跟蹤小傑，從陽間一路跟到陰間，你們說的靈界，誰就是害死鄭鵬飛的凶手。」

「可能是鄭鵬飛。」黃師公輕聲說。

「不可能，」昊法醫否決，「鄭鵬飛在橋頭。」

其他人陷入沉默，不敢說或不知該怎麼說。

「鄭鵬飛見到兒子到靈界，大好機會，為什麼不跟兒子說出真相，偷偷摸摸搞跟蹤，沒道理。」

「不能見。」林師公說得斬釘截鐵。「陰陽分界，陽間的冤屈不能在陰間解決，否則就亂了。」

「可以摳腳，不能說話。小傑已經下到靈界，同一宇宙，為什麼不能說話，我不是你們那行的，嫌我挑剔，說服我呀。」

「所有恩怨情仇在死亡那刻結束，子女若要報仇，在陽間處理，不能涉及陰間，因為死掉的人有他們該走的路，若是停在原處一心等候子女替他們復仇，仇恨愈來愈強烈，氣便亂了。除非──」

昊法醫手機震動，打斷了對話。

「小傑，」黃師公神情凝重，「你爸要是有冤情，會透過其他管道表達，二十幾年前台灣發生一宗殺人案，警方追到凶嫌，明知他殺了女朋友，卻到處找不到屍體。」

「沒屍體怎麼算殺人？」小傑聽懂。

「對，警察找了三個月，眼看案子破不了，警政署長是老朋友，找我幫忙，我去警方懷疑凶案發生處的山間施法，署長燒香對死掉的女人保證他一定追查到底，替她伸張正義，結果──」

「不會吧。」昊法醫對著手機吼。

「結果我們看到一條野狗的前爪不停刨樹根，警察拿鏟子挖樹下，挖出一顆女人頭顱。」

「被殺的女人？」

「警方找到屍體，凶嫌看到他女友的頭顱，嚇得當場認罪。」

「黃阿伯的意思是我爸不會明說誰害了他，不過會給我線索尋找？」

「他摳你媽腳心，有事對你媽說。」

「叫我媽來觀落陰？」

是個主意，卻也是個不切實際的主意。黃師公和鄭鵬飛一家老鄰居，多少了解竹內智子個性，絕非傳統印象中輕聲細語的日本女子，反倒接近江戶時代的流浪武士，講話直接，不信的絕不信。

「你媽願意來試試麼？」

「黃師公說的對，很難。」小傑回得也夠直接。「她沒有宗教信仰，罵我爸成天裝神弄鬼，鄭記當鋪，根・本・神・鬼・當・鋪。」

「師公，智子不來，逼她來。」昺法醫講完手機了，「她老公的事，她兒子的事，不找出答案，她兒子終生遺憾。」

黃師公扭頭面露驚訝：

「講完手機你相信觀落陰了？跟誰講話，讓你改變這麼大？」

昺法醫晃晃手機，

「姚巡官。」
「他說什麼？」
「他問我麻醉後的人被打一槍會不會痛。」
「問這個？」
「你曉得，警察穿一樣的制服，一個德性，明明知道答案，偏要找個人背書作證。」
「你怎麼回答？」
小傑搶先說：
「蒷法醫一定說，你拿槍來，我打你一槍看看。」
黃師公仰頭大笑，蒷法醫瞪大眼看小傑：
「很好，你當選本週我的頭號粉絲。」

——＊＊——

「醫生對我說不會痛，姚警官，你見的人多，你說會不會痛？」
他彷彿對著來客背後早已泛黃的牆壁說。
「先打麻醉劑。醫生說由他注射，還給我看麻醉醫師的執照。我說有沒有執照沒差，打準一點比較實在，別到處用針頭找血管。你被實習的小護士打過沒有，插了好幾下沒命中，一面拍我手臂一面怪我的靜脈太細。」

下午的陽光透過窗戶照射至牆壁，不知陽光的關係還是牆壁潮溼了幾十年，黃得看得出多次粉刷留下的刷子經過的痕跡。

「我說乾脆多打一點，打死省得槍斃浪費子彈。他不願意，他會小心依照我的體重和上星期做的檢查，用最恰當的分量，讓法律執行它的使命。很想問媽祖，世上有這款醫生，有這款診所？上星期替我做健康檢查，抽血驗尿，是要查什麼，看我身體內長了癌細胞，血管裡塞滿脂肪？如果長癌細胞，延後槍決，做完化療，開刀割了該割的，整到我夠健康再ㄅㄧㄤˋ掉，這樣全世界更爽，哇，正義終於得到伸張。」

光線受到兩盞下垂的燈罩影響，照在牆上的影子像是長頸鹿，不然像長頸鹿的脖子，包括長長的耳朵。長頸鹿耳朵長什麼樣子，兔子，大象那樣？

「打完針，等他確定我被麻醉，法警架我進西邊圍牆那裡的小房間，用槍打我心臟。醫生保證一槍斃命，不痛。」他的右手指頭比成槍，往太陽穴比，配了「砰」的音效。「不打頭，家屬看不下去，殯儀館難處理。我全身沒壞的器官捐贈給需要的人，居然有人要殺人犯的器官。你不說我也知道你想什麼，誰要殺人犯的器官對不對？錯，媒體假裝公正講一堆殺人犯的器官不比法官的差的理論，大家搶著要，以後有個小鬼考上台大，哭著說，我的肝是殺人犯的、腎是強暴犯的、心是搶銀行的，唯一沒想通，大小腸有人要麼。」

他自顧自地笑，室內沒人陪他笑。不是不想笑，而是面對明晚就要執行槍決的死刑犯，理應保持莊重的態度。

「想到，我的心臟不能捐，法警開槍打爛掉，我的心不好。」

繼續笑，他把一生笑的配給量在最後一天想法子用光，免得浪費。

長頸鹿耳朵尖尖的，沒兔子的大，可是看上去很有用，聽得到五百公尺外獅子啃兔子骨頭的聲音。

獅子吃兔子嗎？

「牛排，我指定牛排。看守所有他們訂好的最後晚餐，昨天給我看菜單，控肉，他們以為給我控肉算恩典。不愛豬肉，我要牛排，自己出錢。管理員臉色比狗大便更大便色。」他的眼神飄在室內各角落，刻意忽略面前的人。「要不是我馬上要槍斃了，說不定把我打低分，監所頑劣分子，不得假釋。」

他看對面兩人，沒得到回應。

「沒有牛排我不吃，可以把我的控肉給仁舍六一二號，他們答應明天晚上一起為我唸經。唸哪種經無所謂，進來以後沒人查過我的宗教信仰，現在公布答案，天主教。哈，昨天突然想起來，專二受洗，上帝呀，真價拍謝，畢業以後沒進過教堂，忙，忘記一次，忘記一年，不知不覺忘記一生一世。」

牆壁上幾條黑色水痕，可能上個冬天留下的，上個冬天雨多，別說台北看守所，連台北市內的房子都得從早到晚開除溼機。

像斑馬，陽光留在牆上的影子像斑馬，不是水漬痕跡，是陽光逮到剛才一直閃躲的鐵柵欄。

「夜市的鐵板牛排就可以，如果我要求日本和牛，所長大概也不能不買，否則我遺書加一筆，入獄期間屢遭所長肉體懲戒，生不如死。哈，一家出版社和我簽約出版回憶錄，雖然剩一天，我還是可以回憶很多人。」

他終於將視線停在對面兩人的臉龐，平均，看左邊的幾秒，看右邊的幾秒，帶著嘲弄的眼神。

「上面鋪一個荷包蛋、灑厚厚一層番茄醬的鐵板牛排。你們問看守所其他獄友，我這個人，揪好逗陣。和牛，開玩笑的啦。」

他的右手仍收起三隻指頭，拇指與食指維持比7的形狀，他舉起槍，對食指吹了長長一口氣，

「臨刑前的人太雞歪惹上帝不高興，自願超渡我的和尚，忘記名字，叫我苦海無邊，回頭是岸。兩位長官，本人證實，人死之前，腦先死，被法律搞得腦細胞死了了。和尚人好，別告訴他我是天主教徒，愛唸什麼經隨便他唸，阿彌陀佛。」

看了一眼守在門外等著下一攤為死刑犯唸經的和尚，唸《金剛經》和唸《玫瑰經》對死去的人應該意義相同，說不定閻羅王和撒旦根本同一人。

撒旦額頭長角，閻王戴的官帽兩側長兩根冰棒棍粗細的翅膀。

「你姓姚？姚警官，謝謝你來看我，雖然不知道你為什麼來，我家人還是朋友拜託你？想起來，倪隊長，你是倪隊長的朋友，他問我願不願死前見一位朋友。既然來了，賞根菸。」

他接過姚巡官為他點的菸，深深吸一口，吸進肺的深處，吸進被喚醒忙著打包搬家的靈魂。

「我戒菸十幾年，反正要死，抽一根搞不好暴斃，你們省了開槍槍決，不能滿足外面的媒體，很遺憾。」

姚巡官沒回答，說話的人也不在意他沒回答。

「我不鳥警察，你幾線幾星，五線五星也別想見我。以前我說的沒人相信，現在希望我說什麼，感謝司法公正打我一槍？市刑大倪大隊長昨天給我電話，欸，法警已經一年多沒喊『孝五四三，電話』，沒人打電話給等待槍決的死刑犯，對，這句話當我回憶錄的書名。所長，笑笑啦，惹毛我，回憶錄書名改成我被所長強暴——拍謝，快死的人講話隨便。」

所長拿起桌面不是他的菸盒，剛開封的盒內菸擠得緊，得用指頭敲幾下才有一根冒出濾嘴。

「五·四·三，我的號碼，所長刻意安排的對不對？獄友告訴我，死刑犯的號碼不吉利，以後不能用，就取這種五四三的號碼。前一個被打掉的死刑犯更精彩，孝四四五，死死好。」

他笑個不停，外面的法警誤會裡面發生什麼事，探頭進來看。

「五四三，怎樣，死掉的人排隊進地獄，我號碼太長，排最後面？問過常來感化我的和尚，人的靈魂不分階級，躺在床上斷氣的和被槍打死沒差別，如果死人還分階級，神明和上帝攏死死卡好。姚警官，沒跟死刑犯說過話？啊我也沒當過死刑犯。」

有人笑得當場死亡嗎？

姚巡官轉頭看所長：

「牛排，所長，我請人馬上送來，和牛，十二盎司。」

所長依舊面無表情，和操場角落小廟裡的地藏王菩薩一樣，必須拉長臉，怕笑一笑引起各種誤會。

「姚警官夠江湖。和牛不必，夜市的實在。所長，看在我是模範囚犯，幫個小忙，呷牛排得配紅酒，本來你們最後晚餐菜單上寫高粱酒一瓶，換紅酒一瓶，小瓶的就好。」

他又笑個不停。

「紅酒。」所長臭著臉，「法國的，義大利的？」

「不敢挑，不是假酒都可以，不然會中毒。」

他真能笑，用盡氣力地笑。

所長站起身，陽光破了個洞，兩根柵欄中間出現一個黑洞，他把夕陽遮住了。

「其他呢？」黑洞說。

死刑犯吐著煙，兩眼無神地看著快燒到手指的菸屁股，看了很久，久到姚巡官送來另一根菸，他才驚醒般收回失去焦距的眼神，

「他們不是我殺的。」

周在福，四十三歲，七年前謀殺弟弟周在祿與弟妹朱翠霞，尚有其他不相干者七條人命，三審定讞，判決唯一死刑。最高檢察署檢察總長依規定向最高法院提起非常上訴，被駁回，因罪行重大，三個月後即執行死刑。

槍決用的槍是國造T75手槍，得加滅音器，免得打擾看守所外社區的安寧。

多年前法務部討論執行死刑，槍決的位置該是心臟或腦部，免得犯人受苦時間過長。與會的醫界人士認為槍擊心臟，當心臟停止運作，血液無法打進腦部，人便死了，那麼從心臟停止運作到腦部癱瘓，幾分幾秒？

人的知覺來自腦部，槍決腦部，馬上停止知覺，人感覺不到痛苦，打腦豈不更人道？不能打腦，人類習慣看血，不習慣看四濺的腦漿。

槍決必須對著受刑人背部心臟的位置開槍，為免射擊錯誤，囚衣畫了紅色圓圈，

法警不能色盲，他填彈、舉槍、瞄準、擊發。

從背後打進心臟，這樣心臟看不到，不至於緊張。

你可以捐出肝腎肺脾大小腸，唯心臟，是閻羅王的。

姚重誼記得很多年前有首西洋歌曲叫〈如何修補破碎的心〉，看守所運出的心臟無從修補，上帝也不能。

第二章

熱騰騰的 Hayashi Rice

不知下落的直接證據

幾種說法，一是hayashi rice的名稱來自英語，hashed beef，磨碎的牛肉，的確與作法接近，將牛肉燉成豐富可口的肉漿。另一，來自姓Hayashi的發明者，漢字寫成早矢。

兩者均缺少直接證據，反而從DNA，它更接近匈牙利燉牛肉，goulash，原意為牧羊人燉的肉湯。

——＊＊——

整起殺人案原本極為單純，鄰里內被稱為阿霞的三十五歲朱翠霞去醫院上班，搭乘的公車行經新北市泰山區全興路時因剎車失靈，撞進路旁停車場，當場起火燃燒，消防隊趕到滅火，車內司機與乘客合計八人均未逃出而死亡，包括朱翠霞。

時任新北市刑事警察大隊副大隊長的老倪督導調查工作，原以為機件故障，追查客運公司的保養維修人員，出事車輛於出事前一天才完成例行的檢驗，剎車是檢驗的重點項目，不可能失靈。再者，即使剎車失靈，公車撞進路旁的停車場也不可能起火燃燒。

充其量，撞爛車頭，撞．毀．　．堵．牆。

老倪指示鑑識人員配合消防隊進行調查，於出事車輛殘骸中找到破裂油管，證實遭到外力敲出裂口，以至於行車時漏油，而剎車也被破壞，司機見車子失控，強力踩剎車擦出火星，點燃油管燒到油箱才瞬間引發大火與「轟」一聲的大爆炸，車內人員來不及逃生，留下八具焦黑的屍體。

全案立刻從意外事故轉向刑事案件，引起社會大眾矚目。

這是姚巡官坐在新北市刑大的大隊長室原因，他和周在福公車案無關，但如今看來有關了。

「問周在福的事，小姚，七年前的案子，三審定讞，你做什麼都來不及了，聽說明天晚上槍決？誰告訴你，怎麼沒人通知我。」

只有一天，但承諾還是承諾。

「他當然說自己無辜，你以為每個死刑犯和竹聯幫的劉煥榮一樣，開槍前喊中華民國萬歲。」

劉煥榮是眷村子弟，竹聯幫頭號殺手，槍殺敵對的五名黑道大哥，一九九三年執行槍決，進入刑場時拒絕法警扶持，除了「中華民國萬歲」，另留下金句「我不是英雄，黑道沒有英雄」。

「你來電話，我重新看了筆錄、證物，我說周在福殺人案的。回憶是件頗讓人心煩的事，因為回憶夾帶太多反省，你看吧。」

他指桌上因過多回憶而壓得略扁的紙箱。

取出一疊資料，姚巡官了解他沒辦法在一天之內為周在福的「我沒殺他們」做出結論。

「厚厚一大箱，昏了對吧。我經手這宗案子，幾項事實，公車爆炸後，我們第一目標是找出爆炸原因，鑑識中心懷疑油管，果然採到證物，油管破了個洞，人為的。所以馬上由意外轉成謀殺案，鑿破油管的自然是凶嫌。」

紙箱角落的證物袋內確有一截烏黑金屬管子，油管中間確有個洞，指甲蓋大小，破口邊緣向內捲，顯然從外面往內敲的。

「大火一燒，找不到指紋或ＤＮＡ，只能清查公車出勤前的接觸者。七年前，雖然很多地方裝設監視器，不像今天這麼普遍，還好那個公車調度場的門口裝了，方便記錄出勤時間。查出當天的司機原為周在祿，前兩天請假，改由胡澄清駕駛，沒想到胡澄清成了替死鬼。」

周在福是凶手，原定開這班車的司機周在祿好死不死是他弟弟。

「清查車上死亡名單，死者之一朱翠霞是周在祿妻子，天下當然不可能有這麼巧的事情。你曉得，刑警不相信巧合，相信證據。」

莫非周在祿是凶手，刻意鑿破油管製造意外，燒死自己老婆？

「我們沒像你那麼邪惡認定周在祿殺妻。破壞剎車，害死代班同事，也太大費周章了。法醫解剖朱翠霞屍體，幸好沒完全燒焦，消防隊去得快，車內人大多嗆死。四十年前公車窗戶可以打開，自從有了冷氣公車，逃生得用車窗旁小鎚子打破玻璃，一下子發生爆炸，誰清醒到找鎚子敲玻璃，何況一早搭車的大多趕上班的女性，沒睡醒的，化妝的，看手機的。」

資料裡畫了屍體分布位置，朱翠霞坐在左側逃生門旁，記得那裡設計為安放輪椅，車壁裝了摺疊椅，沒輪椅客人使用時，一般客人也可以坐。車上只七名乘客，多的是空位，她寧可坐摺疊椅？而且她不知椅子旁邊是逃生門。

「上午七點多，乘客不多，有人從市場買菜回來，有一位拉行李箱，中學生課本太多，書包不夠放，居然得拉行李箱，荒唐。人多集中在車廂中央，方便放買菜的拉車和大件行李，出事時公車傾斜，行李箱和靠近後門的乘客往朱翠霞坐的地方倒，把她卡在那裡。運氣好，沒當場被火給吞了；運氣不好，逃不過殘害呼吸系統的高溫濃煙。」

凶嫌破壞油管使公車爆炸燃燒，到底要殺誰？單純周在祿殺妻？

「我們當然不這麼想，緊急通知遇難者家屬，也通知了死者朱翠霞的丈夫周在祿，手機和家裡電話沒人接，我們忙成一團，沒在意，通知了里長。」

筆錄上載明，周在祿兩天前向公司請假，病假，那麼他可能去醫院看病，當時不在家。

「法醫細心，仔細解剖每具受害者的大體，嚇，朱翠霞體內驗出超出正常的苯二氮平類，你老刑警，不用我解釋。」

就是中樞神經抑制劑，安眠藥，屬於第三和第四級毒品。

「不尋常，誰會服用管制藥品搭公車。上午七點，吞下安眠藥然後出門搭公車到醫院上班？不合常理。」

除非朱翠霞不知道自己吃下安眠藥。

「我們還是不能把朱翠霞、周在祿、爆炸案聯想到一起，只能請電信公司追查周在祿手機的位置。我以前手下，那個小龍，認識麼？因這起案子，刑事警察局送他去美國ＦＢＩ受訓，前途看好，沒想到娶了大老闆女兒，兩年前申請退休去老丈人的電子公司做事，一年收入用百萬美金計算。別怨嘆，宗教不是說每個人的人生早由老天設定好，依固定軌道走一遍，和機器人有什麼不一樣，使用期滿，進入輪迴打掉重練，不然回廠重新設定，更換晶片，台積電到美國、日本、歐洲設廠，大家需要輪迴。

「老天，我剛才是不是抱怨人生？」

小龍，聽過，見過，不熟，曾經一度羨慕他去美國受訓，原來改行做電子新貴。警察終究不是令人滿意的行業。

「人生三大關口，父母的貧富、讀哪所大學、娶什麼老婆，運氣好，三關都狀元，躺在家搬金塊練身體，閒下來出去找小三。我他媽今天的抱怨真不少。回正題，公車火燒案。小龍機伶，查朱翠霞的保險，被他撈出重大線索。兩年前她保了一千兩百萬的意外和人壽險，沒孩子，唯一受益人理所當然是老公周在祿。講得口乾舌燥，出去吃晚飯，小姚，你請客。」

——＊＊——

沒想到如今還有八〇、九〇年代的小蜜蜂式咖啡館，吧檯上擺兩支虹吸式咖啡壺，角落一張早故障但仍能當成桌子的坦克大戰機檯。

「沒宰你吧，吃小店快餐，沒半顆米其林星星，快餐加飲料兩百元。這家我一星期至少來兩次，看菜單，只三樣可挑。」

不用說，姚巡官看到了，兩桌媽媽帶小學生兒子吃蛋包飯，靠門口的老先生吃咖哩飯，坐吧檯的上班族吃炸蝦飯。

炸蝦看來豐富，兩隻大蝦，三樣小菜，還有一碗高麗菜絲。蝦固然好，老倪卻收回姚巡官手中的菜單，並對忙著煮咖啡的老闆娘喊：

「兩份 hayashi rice，兩杯咖啡，巴西的，可以先上。」他轉過臉，「我常來的原因」

姚巡官看著從櫃內出來的老闆娘，圍裙在空中飄動，裡面穿短褲，大小腿均勻，走出每一步，肌肉緊繃，和時下女生流行鬆軟細腿不同，散發溫度。

「別賊兮兮亂瞄，我常來是為了牛肉飯，hayashi rice，你吃一口馬上了解我沒坑你，不過不准妄生遐想，老闆娘離婚三年，前夫拒付贍養費，前婆婆告她亂對男人拋媚眼。回她爸開的這間餐廳，一個人包辦廚房到吧檯大小事務，跟你講，女人的能幹不是你這種色痞想像的。紅顏薄命，她爸去年過世，餐廳留給兒子。我操，他兒子從不進餐廳，叫他姊做牛做馬每個月向弟弟請領工資。上一代的父親，腦中只有兒子。」

姚巡官的手掌作勢拍了側腦，替老倪拍的，否則能回什麼話。

「追查周在祿，剛才講到這裡。朱翠霞不是周在祿元配，前妻四年前過世，忘記車禍還是哪項意外死亡？不重要。前妻死時保了險，保了大概十年，他們沒孩子，周在祿是唯一受益人，理賠一千萬，扣稅之後記得拿了七百萬，還賭債、向銀行贖回房子抵押貸款，手癢，玩幾把梭哈，輸得一毛不剩。欸，別急著下結論，精彩的在後面。」

咖啡上來，不燙嘴，最恨滾燙的咖啡，給誰喝呀。

「怎麼樣，咖啡帶著回甘，修復你滿是舌苔的舌頭。別瞄老闆娘，專心品嚐咖啡。我們刑警別的馬虎可以，咖啡和茶重要。之前，周在祿前妻之前，周在祿父親過世，忘了哪一年，他爸病故。他媽早十幾年走了。周爸爸死前三個月將房子轉到周在祿名下，舊公寓不值什麼錢，可是他哥不開心——我想想，他哥周在福，還有個老弟周在壽，福祿壽，好記。周在壽沒爭房子，周在福爭了，兄弟打了一架鬧進派出所，有筆錄和報案紀錄，後來和解，周在祿給了周在福十多萬換來放棄繼承權的一張紙。」

餐送上桌，原來是匈牙利牛肉燴飯，小時候吃過。老闆娘弓身上菜那一瞬間，衣領內顫動的乳溝晃過姚巡官早失去的青春歲月。

「專心吃飯，你呀，小姚，凡起了賊心，趕緊回家抱老婆，免得出亂子。」

不是起賊心，是賞心悅目。心可以拴在一個女人身上，眼睛沒辦法，它們有大腦控制不了的自主性。

「周在祿顯然從周爸爸和前妻葬禮學到不少東西，朱翠霞的死就和保險金牢牢纏在小龍的調查裡。牛肉好，別小看牛肉汁，拿大塊牛肉燉好幾個小時熬出來的，拌著飯吃，比咖哩飯加一堆倒胃口的香料實在多了。小龍的推理說服了檢察官，請領到搜索票，到周在祿家找他問話。」

他的喉節一陣上下抖動。

「牛肉味十足。想也沒想到，周在祿於家中上吊死了，難怪始終沒回警方電話。舊公寓不是有陽臺，吊在陽臺拉門上方鋁製橫框。

「舊公寓室內不高，頂多兩米八、九，陽臺和室內裝了鋁門窗，你家是不是也裝了，上面水泥橫梁，下面有排長方形氣窗，然後才是拉門，免得大風大雨滲進客廳。如果拴脖子的繩圈掛在拉門與氣窗中間的鋁框，離地面兩米一、二，不易吊死人。」

姚巡官畫在餐巾紙上，標上高度，老倪看一眼，未加評論。

「橫框離地面兩米二，吊他脖子的登山繩下緣與橫框間又有三、四十公分距離，登山繩多少有點彈性，人的重量往下拉，警員趕到周家見到的周在祿，兩腳離地面只五公分，居然吊死了人。初步推論，周在祿求死心切，非死不可，不肯晃兩下拉出登山繩彈性，腳就落地。人死了，你怎麼判斷？無非殺害妻子後悔，良心發現，上吊表示懺悔。」

老倪拿起湯匙，

「你出去抽根菸，我安心吃飯。」

老先生吃完起身離去，腳步不穩滑了一下，姚巡官急著上前扶住，摸到另一隻手，老闆娘恰好也上去扶。

手冰涼，洗鍋洗盤的冷手。

相互點頭，姚巡官扶著出門，老先生定下心，總算穩住步伐自己回家了。

八十歲上下的老先生，一個人出來吃飯？

「前面五十七號錢阿伯，老鄰居，單身一輩子，今天不知怎麼外籍看護沒陪他出來吃飯。」老闆娘說。

她只說了這幾句話，回身又去忙她的，一對中年夫妻進店和她打招呼，

「老樣子，飲料冰紅茶。」

來的是老客人，坐進老先生空出的那張桌子，外面飄起雨，檯燈的光映著玻璃上的水點。

「坐，呼，吃完這盤飯，我活過來。再兩杯咖啡，還是算——他，我同事姚巡官，今天他請客，算他的帳。」

老闆娘站在櫃檯後燒起虹吸瓶子下面的酒精燈，隨即小快步進廚房。

「我們在周在祿家裡驗出一個杯子內安眠藥的反應，驗出朱翠霞的指紋，周在祿下的藥，破案。」

沒破案，如果破案，姚巡官不必坐進小咖啡館胡思亂想，吃名字落落長的 hayashi rice，還得喝兩杯咖啡。

「沒破案，」老倪剔起牙，「法醫鑑定出周在祿脖子留兩道勒痕，一道淺，一道深，重疊了百分之五十，不用我說，周在祿先被勒死，凶手將他扛起吊在陽臺鋁門框，裝成自殺。謀殺案，優先篩選誰和周在祿有過節或受益。」

周在祿無父無母無子女，妻子早一步先死了，受益人是他兄弟。

「周在祿是老二，周在福老大，弟弟周在壽住屏東，當地派出所問出周在壽當晚的不在場證明，四名證人，他們打麻將，多出一個是其中一人女朋友，在場侍候茶水。

周在福呢，沒有不在場證明，可疑的是鄰居說他前一天到周在祿家，兄弟倆吵架，從二樓扭打到樓下。沒事，兩人不願報案，算兄弟間誤會一場。令小龍起疑的，周在福開汽車修理場，離周在祿家不遠，生意不太好，兩次酒駕前科。」

老闆娘端來咖啡，又彎身，姚巡官趕緊瞥開眼神，認真回應老倪：

「所以周在福涉嫌謀殺弟弟與弟媳婦，謀取保險金？我覺得證據力薄弱。」

「薄，薄得能透光。追查一個多月，小龍找出四名證人，證人甲，周在祿朋友，他說周在祿嗜賭，常找他一起去賭，有次碰到周在福，周在祿介紹是他兄弟，證人甲以為是好朋友那樣的兄弟。證人乙，周在祿欠下不少賭債，聽說討債公司找他好幾次。證人丙，鄰居，對刑警說朱翠霞外面有男人，周在祿知道了和她吵了好幾次，看過朱翠霞的男人，不過沒仔細看。證人丁，周在祿同事的公車司機，出事前一晚有個男人去調度場找周在祿，沒找到，他說來的人一身酒氣，氣沖沖的。我喝咖啡，聽你的看法。」

「長官，換個地方，喝杯酒。」

「這裡就有酒。」

老倪走到後面廚房掀起簾子進去，不久出來，進吧檯低下身子取出一瓶喝了一半多的威士忌。

「老闆娘自己的，請我。」

「她喝酒？」

「小姚，你管不著。」

瓶子鑲了三隻猴子的圖形，姚巡官聽過，威士忌酒廠工人得時不時用前端爪子形狀的耙翻動發芽的大麥，工作幾十年，工人兩手下垂，上背部與肩膀肌肉特別發達，像猴子。

猴子成天爬樹、盪樹藤，當心別摔下去，為填飽肚子。

「我說說看，四名證人，其中一名在警方引導下指證周在祿口中的兄弟正是他哥哥周在福，另一名證人也指認出周在福，新北市刑大就以兩名證人突破周在福心防讓他認罪。」姚巡官說。

「你的基礎？」

「不用基礎，周在福被判刑，明天槍決，我從結果往前推，如此而已。」

「也是。證人丁最先指認去調度場找周在祿的是周在福，那晚周在福酒氣沖天。他在接受偵訊時說謊，說他那天整晚都在修車場，可是說不清修哪輛車或至少哪個牌子的車。接著證人甲認出周在祿口中的兄弟是周在福，證實兩兄弟一起賭博。關鍵證人則是丙，鄰居經過多次指認，確定周在福是朱翠霞外面的男人。」

「明白，周在福姘上弟妹朱翠霞，周在祿發現，兄弟吵得打起架，周在祿一氣之下往朱翠霞杯子裡下藥想毒死她，周在福另有主意，潛入調度場破壞周在祿要開的公車，想害死親弟弟，陰錯陽差，周在祿請假沒去開車，而朱翠霞上了車。當周在福得知朱翠霞死在公車上，氣得找周在祿，勒死老弟，裝成上吊自殺，製造周在祿殺妻後悔恨自殺的假象，附帶成為周在祿的遺產受益人，一舉兩得。」

手中酒杯停在桌面上方，老倪眼神望向外面的路燈與雨絲。

「酒夠嗎？」老闆娘上半身彎下，「喝完還有。」

老闆娘走了，收拾其他客人留下的殘局，老倪則醒了，

「小姚，回憶可怕，回憶老是引出反省更嚇人。我們犯錯了，不論周在福殺了弟弟與弟妹沒，處理上犯了大錯。」

「證據太少？」

「回憶。我們將全案送檢察官起訴，擁有的證據，依序說，周在祿拿到老爸留下的房子和前妻保險金，沒過好日子，賭光了，這是他人性上最大漏洞，罪惡喜歡漏洞。他欠下賭債，我們找到握有借據的證人。車禍前一天，周在福去調度場找周在祿，他修車，懂車，喝了酒，破壞油管和剎車，」他兩根指頭彈出啵一聲，「小事一樁。」

老倪看著兩根指頭，

「我食指黃了，媽的抽太多菸，難怪老婆嫌我臭。周在福和朱翠霞搞上，小龍從周在福手機找出與朱翠霞手機號碼的通聯紀錄，一天好幾則，也有鄰居指證，甚至找到隔壁另兩位鄰居作證，聽到周在祿和朱翠霞爭吵聲，周在祿罵朱翠霞賤貨，並試圖強暴朱翠霞，八成酒喝多了，硬不起來，朱翠霞罵他沒路用，周在祿打了她。以上事

情發生在車禍前幾天，這是周在福後來去找周在祿，兩人扭打的原因。」

客人快走光，老闆娘在吧檯後倚著檯面滑手機，沒有嫌棄老倪大嗓門的意思。

「周在福是周在祿遺產的繼承人。」

「是，重要，但不是絕對重要。」老倪對吧檯喊：「老闆娘，我們馬上走，不好意思坐太久。」

「沒關係，我等我弟。」老闆娘帶著模糊的微笑。

「再十分鐘。」老倪轉而看向姚巡官。「周在福沒認罪，對我們的舉證，反駁欠缺說服力。他的律師很菜，提不出有力反證，這個案子涉及人命太多，法官判得快也判得狠，採信周在福與周在祿打架的證詞。」

他舔舔嘴唇，

「鑑識中心在周在祿家找到周在福指紋，吊死周在祿的登山繩同樣也有周在福指紋，鄰居指證的效果最大，周在福與朱翠霞外遇，還有，周在壽作證，曾聽周在祿抱怨老婆外遇，懷疑搞朱翠霞的是周在福。」

「周在壽說的？」

「他不常和周在祿聯絡，有天接到周在祿電話，聽起來喝了不少酒，問周在壽認識什麼南部的殺手沒，打算向老大討回公道。周在壽打打屁應付掉，不久從電視新聞看到火燒公車案，第二天警察找上他。」

「證據不充分。」
「你神探白羅，說，你要什麼證據？」
「殺死周在祿的繩子上的指紋。」
「廢話，當然驗了，周在福指紋。」
「周在福怎麼辯解？」
「他修車場用的，裁下一段綁舊衣服送去給朱翠霞。查證確實，朱翠霞是某個宗教團體義工，收集舊衣服運去非洲。我們找到用剩的登山繩，和吊死周在祿的吻合。福爾摩斯姚，你的看法。」
「唯一證人朱翠霞死了，修車場的登山繩更加確認凶手是周在福。有了凶器登山繩，有動機，情殺與謀財。」
「我們和你一樣，檢察官這麼想，法官這麼想，槌子一敲，退堂。」
「周在福說他沒殺人時的表情真摯，我當真了。」
「你偷瞄老闆娘的眼更真摯。小姚，經過今天一天的反省，我們錯了。」
「錯在哪裡？」
「法醫鑑定，周在祿脖子上的繩子痕跡，前淺後粗，不過登山繩拉久會鬆，拉多久才鬆我們沒測試，周在祿死前掙扎，繩子移動位置造成兩道勒痕，聽來合理吧。小龍沒多追究，認定兩條勒痕來自同一條繩子。我呢，同意，誰沒事殺人帶兩條繩子，一條勒脖子，一條吊脖子，凶手他媽的潔癖嚴重？」
「沒這種人。」
「我們錯了？無法判斷。不過，長了一雙賊眼沒事亂瞄的小姚啊，我們錯在這起案子最缺乏的，直・接・證・據。」
他朝後癱在椅背，兩手下垂，兩腿前伸顯然吃飽喝足地挺出大肚皮，
「你昨天打電話給我問這個案子，我回想許久，問了法醫，新調來的，不是當年驗周在祿的。他提出不同觀點，周在祿上吊自殺，氣窗鋁製橫框不高，稍用點力就能落地，周在祿沒用力，那麼脖子怎可能出現兩道勒痕？許多上吊自殺的，頭伸進繩圈往下一跳，重力加速度折斷頸椎，死亡速度比勒住氣管快，周在祿於那麼有限的高度上吊自殺，可見求死意念強烈，不太可能因掙扎而出現兩道勒痕。」
「大隊長因此改變原來的看法了？」
「新來的小法醫說得認真，有點道理。他並且提醒我，如果上吊時周在祿已經死了，血液停止流動，勒痕顏色和活著被勒死完全不同。」
老倪玩弄手中橡皮筋，纏緊手指，放開橡皮筋，纏處一圈白痕，很快恢復成紅色。
「勒死周在祿的那根繩子是凶器，是直接證據，吊他脖子的登山繩不是。錯過追查那根令周在祿喪命的繩子。姚重詛，雖然每件案子未必得直接證據才圓滿，可是直接證據不至於讓刑警回憶、反省，喝了酒憑空多出幾百公斤的懊惱。」

老倪蹦起身，

「走吧，淋些雨，降火氣。」

一名三十多歲，頭髮染了一撮金黃的男人進來，經過正要出去的老倪身邊，他們的衣袖可能曾碰觸過，老倪停住。

男人走到櫃檯前，

「這個月的帳。」

老闆娘拿出帳簿，

「除了周轉金，其他匯進戶頭了。」

「妳的薪水自己先扣了？起碼等我這個老闆簽個名吧，姊，為妳我才留下這間破咖啡館，很多人想接手。」

他翻著帳簿再次不滿，

「套餐兩百元？我們開餐廳，不是慈善事業，上次不是講好調漲價格，別再拖了，百分之十，兩百二十元。套餐飲料只紅茶，咖啡得另點。真是的，咖啡豆的國際價格漲到美國人都哀哀叫，我們的咖啡早該漲價，一樣百分之十。」

姚巡官推老倪出去。

他們沒走遠，縮在樓上加蓋的突出陽臺下抽菸，雨淋不到，依然飄得到。

姚巡官煩躁，不是燃燒的煙味，是老倪酒後重重的呼吸聲。

金髮男人走了，姚巡官看店裡熄了大部分的燈，僅留吧檯上面三盞不同顏色的裝飾燈，老闆娘彎腰，拿著拖把拖地。想到，酒瓶上的猴子。那麼她幾年後練出厚重卻再也打不直的背和肩？

酒瓶可以加一隻猴子，四隻。

「說，為什麼對周在福案發生興趣，你不是閒著沒事找事的人。」

他們已走進雨中，溼，潮，雨點打在臉上，涼。

「周在福未婚，唯二親人的周在祿死了，周在壽遠在屏東，兄弟間感情淡，想不出誰找上你替他翻案，明天執行死刑，你老刑警，不會不明白，電視劇那套刀下留人騙觀眾的，來不及了。」

還是熱，雨降不了溫，走不到一百公尺已分不清額頭上的水珠是汗是雨。

「記得鄭傑生？」

「繼承他爸當鋪的小鬼？他怎樣？」

「對你提過他媽睡覺腳心被搔癢的事？」

「嗯，日本女人叫智子對吧。你他媽老對失婚婦女性幻想，去精神科掛號，不，泌尿科，急診，結紮，切了小老二更好。」

「和她老公鄭鵬飛的死有關。」

「不是早驗屍判定自然死亡？」

「事情沒那麼單純，昺法醫同意其中好幾個不可解的疑點。」

「疑點當然不可解，可解的不叫疑點。」

「用千歲宮黃師公的說法，鄭鵬飛的死，是不自然死亡。」

「你也信起師公？」

「對你提過智子回台北，夢裡被摳了好幾天的腳心。」

「提過。所以？」

「需要周在福幫忙。」

他們走了一段上衣溼透的路，站在市刑大前，老倪嘆口氣：

「我拜關公拜中元普渡，不代表我真信神鬼之說。從小到大的習慣，逢廟就拜，台灣人這麼長大。」

「智子不信鬼神，她接受黃師公的說法。」

「回到女人，不行呀，小姚，同情心壓死已婚男人，人家的兒子高中了。」

**

一早，即將升高三的小傑起床後就窩進當鋪，智子沒說什麼，她忙羅蕾的早餐，里長婆這兩天的病人多，不放心把羅蕾交給里長，智子自願照料羅蕾。

羅蕾沒有緣由出現於鄭記當鋪地下室，一身粉紅。羅曼媽媽想要個女兒，不管合不合乎法令，已經收養羅蕾，打扮成粉紅小公主。羅曼向小傑抱怨過，我媽小時候沒當過公主，夢想寄託在別人的女兒，如果人家生父生母找來我們家被警察抓，誘拐未成年少女，你替我作證，我誓死反對過。

連智子也愛上羅蕾，也好，小傑可以不用在老媽凶惡眼神下，跟著 YouTube 學五十音。

看完阿爸留在電腦裡的家譜，許多祖先手寫的，鄭鵬飛拍下傳進電腦做成電子檔，每頁歪歪斜斜，小傑看得眼花，總算寫成摘要。

1 鄭鐵 1643～1722，一六六二年來台南創設當鋪，那時十九歲，經營了六十年，一七二二年病逝，七十九歲。

2 鄭潢 1686～1777。一七二二年接掌當鋪，當時三十六歲，活到一七七七年，九十一歲。

3 鄭焱 1706～1806，一七五六年接掌當鋪，當時五十歲，活到一八〇六年，一百歲。

4 鄭圭 1744～1845，一七八六年接掌當鋪，當時四十二歲，活到一八四五年，一百零一歲。

5 鄭鑫根 1765～1933，塗抹過，看不清後面的字，活了一百六十八歲。

7 鄭原委 1953～2015，一九七八年接掌當鋪，當時二十五歲，活到二〇一五年，六十二歲。

8 鄭鵬飛 1978～2023，二〇一三年接掌當鋪，當時三十五歲，活到二〇二三年，四十五歲。

9 鄭傑生 2006～，二〇二三年繼承，當時十七歲。

問題出在第五代鄭鑫根，活了一百六十八歲，破世界紀錄。不可能。

鄭鑫根死於一九三三年，鄭原委生於一九五三年，中間出現空白的二十年，鄭原委到一九七八年接掌當鋪，和鄭鑫根死亡相差四十五年，這段空白意味鄭記當鋪停業嗎？

年齡，前五代的壽命，活得愈來愈久，第五代更活了一百六十八歲，靠，扯斃，誰相信。為什麼到祖父鄭原委，壽命減至六十二，阿爸再減至四十五？

如果他的壽命和爸一樣短，還有二十八年可活，花力氣念書，學五十音，隨老媽到北海道開始新的人生，終於會日文了，大學畢業，進什麼鳥會社當上班族，叮～鬧鐘響，四十五歲到了，學爸一樣躺地面擺好姿勢歡迎死神光臨。

小學教一首德國民謠，春神來了怎知道，誰管春神，死神來了鄭傑生知道！

只活到四十五歲帶來腦中不停更替的畫面，不結婚不生小孩，免得死的那天兒子才高中生，不然二十歲就結婚就生，到時兒子成年，可以繼承當鋪。

四十五歲的哪一天死呢？生日那天？前一個月天天吃爆喝爆，當鋪點幾十根蠟燭，亮爆。前一個月太短，前一年用信用卡借錢，向銀行信用貸款，花光所有的錢，死要死得沒有遺憾。

他會不會活得比阿爸更短？阿爸便比阿公活得短。

要是沒生兒子，四十五歲以後讓羅曼繼承，那麼羅曼有二十八年的時間見習當鋪生意，二十八年的時間習慣活在當鋪裡的那個字，那些那個字，叫這個那個字阿祖那個字阿姑，免得和他一樣，到時措手不及。繼承羅阿伯的里長工作再斜槓開當鋪，羅曼變成天下第一的神鬼里長，白天帶里民唱ＫＴＶ，晚上帶當鋪內的各種那個字做健身操，他日理朝政，夜管眾鬼，陰陽雙罩。

不行，羅曼姓羅，這是鄭記當鋪，小傑非得生兒子繼承鄭記不可。人生有必要這麼灰暗麼！

電鈴響，嗶——嗶——嗶——嗶嗶。

「門沒鎖。」

羅曼探頭進店，東瞧西瞧，古早的手排檔偉士牌沒亂亮頭燈，一長排看起來像殭屍的西裝沒亂飄，他跳過門檻：

「Safe。難得鄭記當鋪第九代小傑朝奉記得我們的暗號。」

「誰記得。」小傑懶洋洋，「你每天換暗號，要是早餐店每天換菜單，被惡評到倒店。」

「沒暗號，萬一按電鈴的是惡那個字，你死不知路。」

「惡那個字還是餓那個字，講清楚。嗶——嗶——嗶——嗶嗶，這種暗號騙不了不管惡還是好那個字。」

「本人精心設計，你敢批評。」

「三長兩短。」

「什麼意思？」

「嗶——嗶——嗶——嗶嗶。」

羅曼倒跳出門檻，

「你祖媽，我被那個字上身了，怎麼想出這種暗號。」

正要轉身逃跑，一隻手扯住他短褲，血紅的舌頭晃在身前身後，圓框鄭叩叩叩敲打牆壁，一心撞垮當鋪。

「你去哪裡？」手上拿紅色冰棒的羅蕾抓著羅曼褲腳，「才來耶。小傑哥哥好。」

羅蕾大約六歲，穿紅色衣裙，不知從哪裡來，不知往哪裡去，不知來幹麼。一概不重要，由羅媽媽收養後，聽羅曼說，爸媽從此不再吵架，為女兒忙得天下大亂，由此判斷，羅蕾有助於增進夫妻感情。

論羅蕾的來歷，不免懷疑她的出身，出現時穿紅衣，不是普通的紅衣，古早那種盤扣式紅衣。羅媽媽用洗衣機洗，小傑親眼看見，羅媽站在洗衣機前看著洗衣槽發呆，洗出一桶黃水，衣褲洗得不見蹤影。她自言自語，那欸阿捏。

更令羅曼心裡發毛的，有天發現羅蕾溜進男生房間看書，看他國三的國文課本，看那種讀斷牙齒的文言文，她看得像讀漫畫版《格林童話》。

黃師公求千歲爺指示，未得到答覆，因而迄今為止大家接受羅蕾，同時也擔心羅蕾，怕她突然變臉。幸好迄今她尚正常，僅幾個奇特現象令人不解，

一是她愛吃又能吃，從早到晚吃不停，體重變化不大。對此羅媽媽的說法是小孩子在長，吃得多，長得快。好吧，希望她十歲長得比羅曼高。

二是從不開口說話進化到能和咼法醫與姚巡官聊天，法醫帶刀，警察帶槍，如果她

是鬼，理應怕官印，法醫與警察隨身攜帶小小的、公費刻的木頭印章，警察開罰單，法醫開死亡證明書，印章往上一蓋，代表法律授給他們的權力。

官印，居皇天后土間，當大中至正。

由以上兩個現象引申出第三個近乎結論性的問題，如果不是鬼，羅蕾是什麼？真是某對父母走失的孩子？

羅媽媽詢問過幾次，羅蕾對過去完全沒記憶，倒是對當下的生活意見甚多。

「馬麻叫我哥哥找你到我家吃飯，智子阿姨叫我哥帶我來。你要去日本嘍，不會五十音，害智子阿姨傷腦筋。」

羅曼不敢進當鋪，可是在鄭記生活了不知多少年的羅蕾不怕，兩條小肥腿往前一跳，躍過門檻，噹～小傑依稀聽見鐘聲、掌聲、喧嘩聲。地下室保險箱內的死人骨頭認識她，表示歡迎？

「小傑哥哥，你馬麻擔心你想念爸爸，到底繼不繼承當鋪早點說啦。我覺得你應該跟你馬麻去日本念書，看，每天和小哥羅曼鬼混，成天講惹我媽不高興的鬼話，去日本專心讀書比較好。」

兩個男生張口結舌，小傑的驚嚇來自：

「羅曼，你妹前幾天不會說話，今天說話完全複製你媽，假如她是那個字，進步成這樣，我們人類怎麼了，澈底落後。」

羅曼受的驚嚇不同，仍站在店門外，

「妹，妳不想在我家混了是不是，連講兩個『鬼』，不知妳哥的忌諱？」

「你也說鬼了。」羅蕾兩手扠腰跺了跺鞋頭是粉紅色蝴蝶結的鞋子。

「我想吃草莓麵包。」羅蕾沒忘記吃。

「她進入需求期，」羅曼說，「靠爸靠母每天吃，餓死——」

「不准說那個字，你想說的是，餓．死．鬼！」羅蕾瞭她哥。

「鬼就鬼。阿彌陀佛，我是被逼的。」羅曼彎腰瞪他妹，「妳是餵不飽的小鬼，說，從哪裡來的，不然我請城隍廟牛頭馬面約妳面談。」

「小傑哥，你看羅曼。」

小傑留意，羅蕾對別人提到鬼這個字毫無反應，不替鬼講公道話，不覺得被當成鬼而生氣。

「草莓麵包。」鬼說，如果她是鬼。

「到底去不去台南，張寶琳又催了。」羅曼不理會老妹。

啊，還有張寶琳。

「我也要去。」羅蕾看著羅曼。

「煩死人，叫媽帶妳去。」

羅蕾上前將她貼了粉紅色蝴蝶結的鞋頭踢羅曼，

「如果你被煩死，變成鬼，你是羅曼鬼。」

羅曼洩了氣，整個暑假勢必成為鬼娃的代理保姆。不是不好，女生都喜歡羅蕾，帶去台南找張寶琳，替羅曼加分，可是老帶著六歲妹妹趴趴走，實在有些說不出的沮喪。

「我也去。」小傑舉手。

羅曼兩手掐住小傑脖子，

「是不是肖想張寶琳？」

「查我家當鋪的家譜。」

「怎樣？」

「整理我爸遺留下的資料，當鋪從第一任到我爸日期什麼的清楚，可是對鄭家的歷史沒寫清楚。鄭記起家於台南，好像有親戚在那裡。」

「查你爸死因？我師父找到線索？」

小傑和黃師公說好，觀落陰的事絕不能告訴羅曼，免得他成天疑神疑鬼。

「和黃阿伯無關。我爸怕我捲進他們家的事，已經兩個星期沒託夢給我，只給我媽。」

「你爸沒託夢，你嫌你爸不夠愛你？你非和他麥芽糖到他伸長舌頭兩眼滴血站你床頭？小傑，你有病。」

是不是真有病？下星期去日本，以後爸和其他祖先一樣，過年時拜一下，燒幾根香，希望他保佑兒子考進東大、慶大、日本第一大。

至少阿爸絕對沒病，不是活到七、八十躺床上噓氣，四十五歲過世，找不到任何致死原因，不自然的自然死亡。阿爸被人害的，他有委屈，否則何必一直摳媽的腳心。

「我晚上去台南。」

「比我先去？你不是朋友。」

一陣冬天的風捲進夏天的巷子，秋天的心情攪進春天的花季。小傑打哆嗦。

「他有話要對我說，可是怕我擔心，只對我媽說。」

「小傑，你長大了，按照你的心情走你的人生。」

兩個男生同時低頭看羅蕾。

「妳說的？」小傑蹲下看羅蕾。

低啞的女人聲音從羅蕾口裡傳出：

「選擇，長大會面對許多選擇，自己選。」

羅曼也蹲下，

「妹，妳裝大人的聲音。」

「有沒有吃的啦，人家餓死了。」羅蕾恢復童音。

「說吧，她是那個字，這種事跑到我家。小傑，有沒有我師父留你家當鋪的咒語，把她塞回地下室的保險箱，隨便哪個。雨漸耳在哪裡？」

「羅曼，你妹餓了。」小傑站起身，「告訴我媽，我去台南有事，一兩天，三天之內回來，到台南我叩她。」

「他認真的。」不知羅曼對誰說。

「人遲早得認真面對自己人生。」又是女人聲音。

「你自己對你媽說，你的江湖，你的媽。靠，不准先我約張寶琳。」

小傑抬起頭看向圓框鄭，

「哥，我去找黃阿伯，然後到台南，找爸。」

沒有風，圓框鄭動也不動，好像它被釘死在牆上。

當小傑鎖了當鋪，當羅曼被羅蕾拉著去便利店，當三人離開小巷，不知哪裡傳來咳嗽聲，圓框鄭抖了抖，天天聞機車和汽車廢氣，喉嚨不好。

——**——

一早，黃師公照例喝完廣場上的魚皮粥，奇怪的是一反平日習慣，又吃一碗蚵仔麵線。難得焦慮，十六歲起與千歲爺結緣，跟隨師父學習道術，自認了解人鬼分界，遇過幾宗惡鬼纏人的棘手委託案，面對鬼的挑戰，一旦心情浮躁，身上冒出不名疹子，未戰先潰。多年經驗學會以靜制動，維持冷靜，牢記法術的咒語。這次不同，每次接近鄭記當鋪說不出地渾身發冷，貼在當鋪內的咒語鎮不住說不出來的躁動，掀翻當鋪的力量一天比一天強。

和鄭鵬飛的死脫不了關係，他的怨念未離開，形成當鋪內眾鬼喧嘩。蚵仔麵線送來，吃兩口，沒有味道。五歲時被鬼上過身，當時不懂，事後回想，那陣子他沒有味覺、嗅覺，眼睛看東西模糊不清，霧罩住，又像所有的人物退得很遠，焦距沒對準。

兩天前確定味覺出了問題，千歲爺庇佑，諸鬼不侵，應該什麼事情掛心頭，否則不會胸口悶，視力花。

九點不到，姚巡官騎機車來到千歲宮，不久，沒通知的昺法醫也來了。

「陰魂不散。」黃師公搖頭。

「不對，應該是說曹操，曹操就到。」昺法醫以曹操的架式一腳跨過圓板凳坐下。

「這兩天你氣色不好，別動，眼睛黃黃的，下午去醫院驗血，怕是肝炎。」

「我好得很。」

姚巡官提來阜杭豆漿的早餐，昺法醫發出老鼠喝水的聲音，姚巡官有一口沒有一口地嚼蛋餅，黃師公想吃，想起已經吃過了。

三人沒開口，公園裡無聊的老人看看天看看地，看看經過宮前的女孩，仍沒等到下棋的老朋友，空著棋盤，帥被兩支仕擠著，俥漠然地站在角落，對於不知何時開始的另一盤棋局，沒有興奮的期待。

九點半，智子大步走進廣場，穿過廣場，邁上臺階，坐進同樣的圓凳口氣不好地質疑：

「不是約九點半。」

昺法醫和姚巡官看黃師公。

「九點半，我一向七點來宮廟，他們兩人來早了。」

姚巡官牙齒咬著蛋餅，昺法醫嘴角滴下豆漿。

智子推開送來的燒餅油條，

「說，小傑觀落陰的結果。」

黃師公大略講了，昺法醫不免補充遺漏的，智子從頭到尾專心傾聽，不帶一丁點表情，直到他們閉上嘴喘氣。

「小傑昨天晚上去台南。」智子不帶情緒地說。「他爸的事，如果他不肯放下，我不想攔阻，他和鄭鵬飛感情深厚。」

「昨天晚上他帶家譜來找我，看不出其中奧祕，」黃阿伯拿出一張紙，「他整理出鄭記當鋪前面八代的生死。」

筆記本撕下的紙，縐了，黃阿伯爬滿青筋的手撫摸它，想把它摸成最初的模樣，可是紙綯了就再也回不到最初。
「祖先和他爸的死有什麼關係？」智子看了紙上寫的名字，「鄭鵬飛以前對我說過他家來歷，忘光了，小傑為什麼在意？」
昺法醫不尋常地舉起右手表示他要發言，沒人拒絕。
「鄭鵬飛死後，小傑找過我，對解剖結果我有百分之百的信心，不是外力致死，體內也無要命的疾病。」
「那他為什麼死？」
「我那時對小傑說，懷疑遺傳的疾病，鄭鵬飛死時四十五歲，小傑爺爺六十二歲，我查過，自然死亡。和第一代到第五代的長壽祖先比起來，壽命減少一半，如果遺傳性罕見疾病，隔代遺傳，母系家族遺傳，不是不可能。」
「你以前說自然死亡，不可能更自然的自然死亡。」黃師公一口氣說。
「於是我告訴小傑，要他有空查歷代祖先死亡原因，查到哪一代算哪一代，從其中篩出蛛絲馬跡。」
「蛛絲馬跡？」智子問。
「四百年前先民移居到台灣，常因不明疾病死亡，醫生束手無策，如今我們知道是登革熱。或類似的疾病。」
「醫學發達，還有不知道的疾病？」

昺法醫搔頭，遇到追根究柢的人了。

「你說啊，」姚巡官推他，「得罪了鬼，撞到妖算不算疾病。」

「我學科學，凡事要證據，怎麼可能怪力亂神。」

姚巡官嚴肅地接下智子的問題，

「小傑昨晚和我通過話，問怎麼追查命案，我說了說，重要莫過於證據，根據多年處理刑案經驗，最可靠的證據在現場。鄭鵬飛的死和當鋪現場有關，為什麼死前擺成大字形，點了蠟燭，為什麼明明鎖了門，仍逃不過死亡。」

姚巡官低下頭，

「是我一時多嘴，沒想到小傑跑去台南找證據。」

智子沒安慰也未責怪姚巡官，她看向傳出香味的正殿，那裡的神桌上面供了許多神明，正中央是五府千歲。

「黃師公怎麼說？」

著迷上宮廟，守護幾十年依然如此，因為神明前的裊裊香煙令他安心吧，還有信心，相信神明，遇事有重心，不畏懼。他心中唸了句千歲庇佑，

「得問鄭鵬飛本人。」黃阿伯拿出菸，警覺地又收回口袋。「姚巡官說到線索，鄭鵬飛摳妳的腳心，別的呢，看到的，聽到的，不尋常的。」

「他死了，摳了我腳心也不說話。小傑觀落陰沒遇到他，我怎麼見他？」
「妳願意去觀落陰？」
「有用麼？」
「沒用。妳既然不信，去了也沒用，下不去。」
「其他我能信的方法？」
「剩下最後一個。」黃師公看姚巡官。
「說吧。」昺法醫總是沒耐心的那個。
「和黃師公商量之後，昨天我去台北看守所見了死刑犯周在福。」
「你見死刑犯？」不是昺法醫問，智子問。
「今天晚上槍決。」姚巡官抬頭看智子。
「為什麼告訴我？」
姚巡官不再說話，扭頭看黃師公。
「這樣的，智子，妳雖然日本人，從小在台灣長大，念這裡的國小、中學、大學，差點考上台灣的律師執照，澈底台灣人。」
「黃師公看我長大。」
「妳了解台灣宮廟文化，以前妳隨同學、鄰居來拜拜，尤其考大學那次，我帶妳拜文昌帝君。」黃師公拉起嘴角看智子。

「我也拜過。」昺法醫閒不住。

沒人接續昺法醫的話題。

「看過《聊齋誌異》、《西遊記》、《封神演義》？」

「沒看《封神演義》，人物太多，只看十幾頁。《西遊記》好看。」智子回答。

「我想很久，人死了，魂魄，你們說的靈魂，短時期不會散去，飄在這個世界和下個世界中間，徬徨，找不到方向，時間維持不了多久，宗教說法，神明接引，科學說法——」

「消失。」昺法醫不識相地多話。

「我們見不到死去的人，除非他們主動現身。六十二巷魏先生十多年前走的，他太太告訴我，魏先生和平常一樣，每到傍晚五點便坐在飯桌等吃晚飯，她趕了好幾次，魏先生不理會，後來我去化解。人死了，靈魂不肯離開，無非思念生活中某些細節和拒絕承認自己死了。」

「鄭鵬飛拒絕承認自己死了？」

「不知，只是說明人和鬼的關係。鬼不願見人的原因很多，其中之一，躊躇，未了結的事想對家人說，又怕說出來等於添家人麻煩。和平西路宇先生，我今天話多，妳聽聽看。

「宇先生走了，房子和存款原想留給老婆，沒寫遺囑，兩個兒子和三個女兒辦完喪事和媽媽商量，宇先生想跳出來說，我全留給你們媽媽，不准搶。怕嚇到小孩，也想聽聽兒女的打算，他躊躇，陰魂不散成天在家裡走來走去，宇家始終不平靜，兒子睡不穩，常說的鬼壓床，外孫一回來哭不停，其中一個對阿嬤說家裡有個只有一半臉奇怪的人。宇先生魂魄一天比一天散去，加上猶豫，最終沒說。做二七，宇先生死了十四天了，宇太太找我做法事，宇先生的魂魄散得我只看到一小團灰煙，我唸經送他走。」

黃師公終於未遵守女士在場不抽菸的禮節，點上了菸。

「鄭鵬飛走了，有話想說，猶豫該不該說，摳我腳心的原因之一？」

「妳懂。」

「好，你有法術，我見他。」

「不容易。我去當鋪幾次，他不願見我。」

「他摳我腳心，一定願意見我。」

「問題是，我們得告訴他，妳願意見他。」

「告訴他呀。」

黃師公看著手指間的新樂園，

「從年輕起抽新樂園，那時想新的樂園在哪裡。受神明啟示，明白了，新的樂園在心裡。」

他捺熄僅抽了一口的菸，

「我用盡辦法，和鄭鵬飛對不上話，小傑到下面找他，也許見到面，他躲得很遠。因此剩下一個辦法，找人告訴他，妳肯見他。」

「誰？」

黃師公蹺起腳，隨之，抖起腳，

「劉全。聽過劉全進瓜的故事嗎？」

第三章

蛤，帶南瓜去找鄭鵬飛

元始天尊急急如律令

地獄說由來已久，古埃及人口中的冥界，希臘神話中由黑帝斯掌控的地下世界，基督教寫得明確，「那裡遍地都是硫磺、鹽鹵和火燒，沒有耕種，沒有出產，連草都不生長。」

受到佛教影響，中國人相信地獄的存在，那是死後的審判，有罪者進十八層地獄，勸世效果。

一般而言，地獄與天堂成對比，至於閻羅王，來自古老的婆羅門教，世間第一位死亡的人叫閻摩，演變為地獄的主管。

——＊＊——

發生在公元七世紀，唐太宗李世民時期。

太史局臺正袁天罡的叔叔袁守誠為長安城著名相士，每天在城內擺攤為人算命，人稱他前看五百年後看五百年，一千年內過去未來，他看得清楚。

這天涇河龍王扮成人樣逛長安城，見大家誇袁守誠算命準確，他自恃是神明，不信老百姓能看透天機，上前要求算一卦，問：

「老頭兒，聽說你上知天命，下知陰陽，說說，哪天會降雨，又降多少雨。」

「等等，老黃，你說故事還是講正經的歷史，」昺法醫的手掌擋在黃師公嘴前，「你提到的袁天罡，歷史上確有這人，和李淳風並列為唐太宗一朝兩大國師，合寫《推背圖》，可是他叔叔袁守誠我在維基百科上找不到，又說到扯蛋的龍王，到底講真的講假的？」

「你聽不聽？不聽去對面吃冰。」黃師公語氣裡夾著一萬枝銳利的箭。「袁家世代精通國學和命理，而且傳說的袁守誠，我師父說，其實暗指袁天罡。」

「你師父？哪個大學的宗教系教授？」

「讓師公說下去。」姚巡官拉住昺法醫。

袁守誠掐指一算，明天下午雨點下雨，雨點四十七分雨停，雨量為三十五毫米。涇河龍王主掌長安地區天候，聽了不免大笑，心想你個臭道士，居然敢在本龍王面前胡言亂語，他和袁守誠打賭，

「如果明天下雨的時間、雨量和你說的不一樣，我砸了你招牌，如果你算

得真準，輸你五十兩黃金。」

袁守誠當場同意，賭了。

涇河龍王回到位於河底的王府，恰好玉皇大帝派的使臣來到，宣布長安地區明天下午兩點降雨，雨量為三十五毫米。

「玉皇大帝是誰？」昺法醫冷笑地打斷黃師公說得正引人入勝的話頭。

「昊天上帝，簡稱上帝，也叫玉帝。」黃師公閉眼闔起兩掌朝天禮拜，「玉帝者，位居玉闕之中，尊極萬天之帝，凝然真性，妙相具足，巍巍蕩蕩，出眾真之中，同星拱月，故稱玉帝。」

「和上帝怎麼比？我說基督教的上帝。」

「唯真唯法，天下僅一位上帝，玉帝就是上帝。」

昺法醫還想開口，被姚巡官眼神阻止，

「你這樣扯下去，扯到恐龍的侏羅紀了。聽聽，道教的事他比我們懂。」

涇河龍王負責降雨，必須遵照玉皇大帝的指示，可是不甘心輸給袁守誠，第二天降雨時在雨量上動了手腳，多了五毫米，也就是實際降雨量為四十毫米。

翌日龍王再扮成人形來到長安城，得意地要砸袁守誠招牌，不料袁守誠早已等著他，先一步說出壞消息。原來涇河龍王自作主張更改降雨量，多出雖僅五毫米，已造成山區的土石流，有些居民因此喪生。袁守誠警告龍王：

「只怕玉皇大帝的使者已經出發，違反天規，你難逃一死。」

涇河龍王一向自負，想不到——

黃師公看著昺法醫，語氣冰涼：

「書上的記載有些地方我記不清，降雨量多少是假設，不影響整個故事。」

昺法醫哼了兩聲，黃師公聽到，

「你台大醫學院畢業，台灣第一法醫，不屑民間信仰，沒關係，隨你信不信，我還是說一句，這個世界不是只有醫學院高材生，我宮廟的信徒和你一樣活在這個世界。」

這次昺法醫沒回嘴，姚巡官的右腳踩著他的左腳。

從一條小龍歷經磨難，修成正果成為龍王，興雲布雨幾千幾百年，涇河龍王當然知道違反天規的處分，降錯雨量導致人間民眾死亡，殺頭的大罪。

一想到死罪，龍王渾身顫抖，跪在袁守誠面前請教有沒有贖罪或是解脫的方法。袁守誠不願為難龍王，提出一個主意，唐太宗手下大臣魏徵大公無私，白天掌管陽界唐朝司法，晚上奉玉皇大帝之命，審理陰界神鬼案件，要是龍王認罪，求魏徵判刑時輕一點，說不定可以逃得性命。

誰都清楚魏徵個性，即使龍王磕頭請求，恐怕也說不動這位歷史上出名難搞的清官。

龍王回到龍宮左思右想，接受一名部下的建議，魏徵既是唐太宗的大臣，要是請唐太宗幫忙，事情豈不容易多了。

龍王是王，唐太宗也是王，好溝通。

唐太宗當晚做了一個夢，自稱涇河龍王的巨龍哭著請他向魏徵求情，刀下留神。

「留什麼神？」昺法醫忍不住了。

「留神，關係人命，死刑的判決得小心。」黃師公依舊閉目搖頭晃腦地說，「留神，留下涇河龍王這位神明的性命。」

「雙關語，你了不起。」

這次輪到智子瞪他，智子的眼神不帶殺氣，但充滿你再囉嗦試試看的威脅。

醒來後，唐太宗覺得於夢中答應龍王的請託未免考慮不周，因為即使他去關說，魏徵也未必接受。有次魏徵和他辯論朝政，唐太宗怎麼也無法說服這位老臣，氣得回後宮喊我非殺了魏徵不可，他的長孫皇后不同意，唐太宗也沒辦法。

想來想去，唐太宗有了主意，將近黃昏派人請魏徵進宮，兩人喝酒聊天，唐太宗的辦法是我陪你聊到天亮，魏徵不能去地府上班，龍王便逃過死劫。

主意不錯，聊呀聊，大概酒喝太多，魏徵打了個盹，不過隨即醒來，畢竟陪皇帝聊天竟敢睡著，也是殺頭的罪。

兩人聊到天亮，唐太宗以為辦妥答應龍王的事，心情愉快。

但當天晚上，唐太宗睡覺夢到提著龍頭，脖子淌著血的涇河龍王，終究沒逃過魏徵鐵面無私的審判，被砍了頭，龍王咒罵唐太宗背信，詛咒唐太宗不得好死。

之後好多天，龍王的鬼魂大鬧宮廷，唐太宗晚上沒法子好好睡覺，文武大臣輪流守在他寢宮門口都沒有用，直到秦叔寶與尉遲恭守夜，宮內才平靜。

如果每天夜晚都由秦叔寶和尉遲恭站衛兵，不免累壞兩名將軍，不久唐太宗派人畫下兩人的畫像貼在宮門——

「你說門神的由來，三歲小朋友都知道，浪費時間。」昺法醫聲量降低，仍聽得出其中的不滿。

「兩位門神，握鐗的是白臉秦叔寶，黑臉尉遲恭拿鞭。」黃師公看也沒看昺法醫。

「白臉黑臉原來這麼來的。」昺法醫回踩姚巡官一腳，「警察分 good cop 和 bad cop，姚巡官，你扮白臉還是黑臉？」

「我？痲臉。翻成英語，hot cop。」

「門神，我在鹿港天后宮看過。黃師公，涇河龍王後來呢？」智子不喜歡有頭無尾的故事。

涇河龍王下的惡咒能量極強，幾天後唐太宗病倒，很快停止呼吸。

唐太宗的靈魂到了地獄，由崔判官接納，引至閻王面前接受最後的審判。崔判官生前和魏徵是好友，自然對唐太宗十分禮遇。

閻王聽了案情，查生死簿，發現唐太宗死期未到，加上崔判官的美言，當場不受理涇河龍王的控告，放唐太宗回陽間。

為了表示感謝，唐太宗問閻王，地獄缺什麼，他回到陽間馬上送來。閻王客氣，表示地獄什麼都不缺，就是沒有南瓜，如果不麻煩，請送南瓜來。

唐太宗失去呼吸幾分鐘又復活了，記得答應閻王的事，下令全國農民送最好的南瓜到長安。

南瓜好辦，誰送去給閻王呢？

「原來地獄缺南瓜，以後中元節鼓勵全民用南瓜祭拜。早說麼，免得拜泡麵、餅乾。美國認證南瓜是抗癌食品之一，閻羅王該多吃，長命百歲。」昺法醫非嗆到底不可。

「誰送去？」智子拉回主題。

「叫唐太宗自己送。」昺法醫提出答案。

黃師公搖頭。

「魏徵送。」姚巡官說。

黃師公搖頭。

「Uber 送。」昺法醫第二個答案。

黃師公依然搖頭。

「快說。」智子罵。

死過一次，人必受到啟發，也為了回報閻王的恩惠，唐太宗做了很多善事，第一件，打算廢除死刑，他問群臣，如今天下太平，殺人不是好事，能不能取消死刑。有些大臣贊成，有些反對，眼看得不到大多數臣子的支持，他改口，凡是犯死罪的，我們砍掉他們一隻腳以替代死刑如何？

既然皇帝讓步，大臣也不好繼續反對下去。

死刑改成砍掉一隻腳後不久，唐太宗再對群臣說，我們都已經取消死刑，為什麼還砍掉他們一隻腳，害他們活得艱辛，太不人道，乾脆也別砍腳吧。

那年唐太宗把全國所有死刑犯放回家，要他們向父母告別，等到秋天回來接受死刑。所有人認為唐太宗犯傻，哪有死刑犯得到自由還回來伸長脖子挨一刀，早逃亡了。沒想到秋天一到，所有囚犯回來了，唐太宗大喜，赦免了他們的罪。

可是唐太宗仍未想出怎麼把瓜送進地獄。

不得已，他張貼告示，徵求自願送瓜的人。

有個叫劉全的人揭了榜——

「終於講到重點。」昺法醫吐口大氣，「唐太宗把劉全宰了，叫他的靈魂送瓜給閻王。有這樣送瓜的嗎？」

「這位劉全道行高深，能去天堂和地獄？」姚巡官問得閃躲。

「平常人，劉全沒修過道，不懂法術，唐太宗已經不殺死刑犯，怎麼會殺沒犯罪的人。」黃師公一槍打中兩人。

唐太宗沒殺劉全，而是劉全自殺。

劉全和妻子一向恩愛，妻子佛教徒，經常在門口布施，劉全發神經，罵老婆拋頭露面和和尚打情罵俏，妻子一時委屈，自殺而死。劉全痛不欲生，一心想再見妻子一面，表達歉意，這是他願意一死為唐太宗送瓜的原因。

劉全乃應唐太宗的要求，頭頂兩顆南瓜，袖內塞滿紙錢，吞下毒藥而亡，成功將南瓜送給閻王，也見到妻子。

閻王見唐太宗守信用，高興得讓唐太宗活到五十一歲。

「五十一歲？」昊法醫追問。

黃師公喝茶了。

「我們現代人隨便也七、八十。」

黃師公又喝一口茶。

「不是說唐太宗廢除死刑，任由劉全自殺是什麼道理？」昊法醫對故事結果不滿意。

黃師公喝第三口茶，講太久，口乾舌燥。

「什麼意思？」智子沒聽懂。

姚巡官倒是懂了，

「師公，你的意思是不是找個人去見鄭鵬飛，勸他不要懼怕和自家人見面？」

黃師公歪了歪頭，像想同意，又收回。

「而且告訴鄭鵬飛，已經過了頭七和二七，如果三七還猶豫，錯過機會，無論他對智子或小傑有多大顧忌或愛護之情，來不及了。」

黃師公歪著的頭點下了。

「太好了，」昺法醫嚷嚷，「我們誰吃毒藥，七孔流血外帶心臟麻痺，送南瓜給鄭鵬飛？」

黃師公沒點頭。

「小姚，」昺法醫戳姚巡官，「劉全的死，唐太宗犯了教唆自殺罪對吧。」

換姚巡官沒點頭。

「這名使者得去靈界找到鄭鵬飛，」黃師公開口，「叮囑他務必於哪天幾點在哪裡和智子見面說出殺他的凶手是誰。地點重要，陽氣太重的地方魂魄不敢去。」

「約哪裡恰當？」姚巡官顯然聽得明白。

「台北最陰的地方，莫過於鄭記當鋪的祖師爺位置。」

「祖師爺馬援是神，怎麼陰？」

「人死後先成鬼，因積德積功，被封為神。」

「馬革裹屍，恍然大悟。」

「悟什麼？」昺法醫摸著下巴，欲言又止。

「昺法醫有問題，說吧。」黃師公看到。

「沒解決問題，我們找誰自殺？」昃法醫的眼神掃了在場所有人一遍。「小傑未成年，需要媽媽照顧，智子不能去；有老婆有孩子，姚巡官不能去；我法醫，從不相信神鬼的胡說八道，去了也沒用。只剩下——」

黃師公轉而看姚巡官，

「因此我請姚巡官打聽法務部最近是否執行死刑。」

姚巡官點頭。

「死刑犯？」昃法醫轉而看姚巡官，「幾年沒執行死刑，怎麼找？」

姚巡官點開手機螢幕，

「找到了，台北看守所所長傳來的，今天晚上七點執行。」

「誰？」智子喊。

「七年前發生的公車火燒案，凶手周在福今晚槍決。」

「公車火燒？」智子喊。

「記得這個案子，周在福謀殺弟妹再殺老弟，情殺案。」昃法醫雖有點年紀，記憶力絲毫未退化。

「殺弟弟和弟妹？」智子仍不相信。

「我印象深刻，周在福與弟妹通姦，又移情別戀什麼的，怕弟妹糾纏，騙她吃下大量安眠藥，再破壞公車，他弟妹每天上午坐那班車去上班，她是護理師。公車起了大火，弟妹昏睡在車內，連逃生機會也沒。弟妹死了，周在福擔心弟弟指控他，同一天去周家勒死弟弟周在祿。」昺法醫得意地向姚巡官說，「小警官可以補充。」

「你說的對。你不是辦案刑警，你，旁觀者清。」姚巡官一手拍昺法醫的頭大叫。

「什麼旁觀者。」

姚巡官看手機上的時間。

「周在福為什麼殺弟妹朱翠霞？」

「男女間感情誰說得準。」昺法醫接話。

「為什麼再殺周在祿？」

「搞不好周在祿清楚他哥私下搞他老婆，想一舉殺掉這對狗男女，周在福早移情別戀，先下手為強，害死弟妹，怕老弟向警方舉發他，再殺周在祿。另外，周在祿沒孩子，死了以後房子啦保險啦歸哥哥。」昺法醫變得正經。

「不能說服我。為保險金殺人，周在福的作法太曲折，再說他們有個弟弟周在壽。」

「是嘛，有福有祿，不能沒有壽。」

「昺法醫說的對，為保險金和遺產，周在福殺周在祿夫妻的動機，不能成立。」

「不是周在福殺人，那就是周在祿殺老婆。」

「為什麼？」

「說過，戴綠帽子的男人殺老婆，氣血攻心，一時失控。」

「怎麼殺？」

「周在祿把安眠藥加進老婆朱翠霞水杯，朱翠霞喝了上公車昏迷，早先周在祿破壞了公車，造成車禍，朱翠霞死於火燒車，因為燒成骨頭，以為我們法醫驗不出安眠藥。被老哥周在福看出陰謀，趕去周在祿家，為姘頭報仇，殺了周在祿。」

昊法醫一口氣講完他新的推理。

「昊法醫的說法，周在祿為一口氣殺了老婆，連帶殺了公車上其他無辜的七名乘客加司機？」

「人在氣頭上，失去理智。」

「周在福替朱翠霞報仇殺了周在祿，他只殺周在祿，與火燒公車案無關？」

昊法醫仔細打量姚巡官，

「聽出你的心機，想替周在福翻案？萬一翻案成功，周在福免除死刑，誰幫師公送話給鄭鵬飛？」

四人沉默坐著，姚巡官不時看手機。

「說啊，」昊法醫推了推姚巡官，「誰幫師公送話給鄭鵬飛？沒人送話，鄭鵬飛不去祖師爺那裡，和智子說不上話，問不出凶手。」

「時間有限，」姚巡官再看手機，「今晚槍決，剩下沒幾個小時，唯一可能，周在祿下藥，周在祿燒車，與周在福無關。可是周在祿真的自殺？想不出怎麼找出周在祿才是公車案唯一凶手的證據，就沒辦法阻止死刑。況且，周在福說他沒殺朱翠霞，也沒殺周在祿，即使周在祿殺妻燒車而後自殺，周在祿死了，找不到他犯案的證據。」

「救不了周在福，就當我們閒聊，聊完師公請吃中飯，別傷腦筋。」

「不行，我得找出線索，告訴周在福我能替他翻案，即使他逃不開槍決，這樣——」

「這樣周在福答應死了以後去找鄭鵬飛？」

智子的視線轉向黃師公。

「是，一切看周在福願不願意傳話。」姚巡官急得全身抖動。

接近中午，儘管黃師公的故事不太能說服在場的三名非道教信徒，卻看來是唯一辦法。新的問題產生，怎麼說服周在福幫忙傳話給鄭鵬飛？

「我去求他。」智子說。

「妳進不去，連親屬想進現場送周在福最後一程，也得事前經過考核得到法務部同意。小傑媽媽，妳不是周在福家人，不是受害人周在祿、朱翠霞親友，進不了看守所。」

「小姚，只你能去，還不去？」

「怎麼向周在福保證能替他洗雪冤枉？不能空口說白話。」

「如果凶手不是周在福，」　法醫轉著眼珠子，「其他嫌犯還有誰？」

「剩下他們家的老三，周在壽。周在福今天槍斃，兩個哥哥的遺產都歸周在壽，周在福沒結婚，沒子女。」

「喏，小姚，對周在福說，你追查發現周在壽涉嫌重大，今後朝這個方向追查，應該能讓周在福買單你的誠意。」

「不好隨便找個人當凶嫌，騙晚上要被槍斃的人，不道德。」

「怕什麼，憑你姚巡官的本事，一定找得出真正凶手。沒時間了，暫時拿周在壽當緩衝。」

「萬一周在福聽出我胡說打混？」

「我們有黃師公，叫黃師公求他寶貝的千歲爺對周在福施加壓力。老道，你和千歲爺的交情夠吧。」

黃師公起身往正殿，跪在五府千歲眾神明前焚起香，默禱很久，兩手朝空中扔出筊杯，落地發出叩叩聲。

——＊＊——

五點趕到看守所，肉品進口商半小時前將十六盎司的和牛牛排送到，廚師見是好東西，找了塊鐵板放爐火上燒熱，完全高級鐵板燒作法，費心地煎了蒜片當配料，最後沒浪費鐵板的牛油，炒了一大碗蛋炒飯。

五點半，廚師親自連同一瓶紅酒送至死刑犯的小房間，所長與姚巡官在外面，他們不便陪周在福吃最後的晚餐。

肉香傳到室外，不知誰的肚皮發出咕嚕聲。所長對姚巡官說：

「你有事找他？」

「答應替他翻案。」

「三審定讞，你想幹麼，幾個小時後槍決，即使你找到真凶，周在福死了，能改變什麼？」

「他的心願，我的承諾。」

所長踱著步子，囚舍大樓老舊，囚犯一年比一年增加，房舍經過改建、縮減其他空間，連走道也窄得令人呼吸沉重。

「姚重誼，我們認識不少年，你的頑固一點沒變。」

「生下來就這樣，怎麼辦。」

「倪老大沒說話？」

「他當我瘋子。」

「如果翻案成功，誰倒楣？」

「倪大隊長，當年他手下的刑事警官小龍，一干辦案刑警，七、八個吧。」

「記得小龍早退休，所以倒楣的是老倪？」

「看起來是。」

「老倪居然安排你見周在福？」

「他想知道真相。」

所長停下腳步，看著鐵柵欄外面的運動場，這時早過了放封時間，空蕩蕩，一陣風刮起幾個塑膠袋和菸屁股。

「給你十分鐘，老倪的面子。」

「感謝。」

當所長出去迎接主持槍決的檢察官，獄警朝姚重誼示意，他走進牢房，孝五四三吃得嘴油臉紅，不剩一滴酒。

「姚警官，謝啦，沒什麼回禮，保證今天半夜不敲你家大門。」

姚重誼擺手坐下，

「一塊牛排，不值一提。」

「我們談好交換條件，你有線索了？」

姚重誼拿出小筆記本，

「幾個疑問。」

「你說。」

「看過筆錄，你不承認火燒車前找過周在祿，可是證人鄰居指證看過你。」他花了幾秒鐘慢慢抬起眼，「是不是你？」

「不是。」

姚重誼再看筆記本，

「你和周在祿發生過衝突。」

「我想揍他，結兩次婚的男人，成天懷疑老婆外遇，搞得夫妻像仇人。」

「你搞上周在祿老婆朱翠霞？」他牢牢盯著周在福。

「搞他老婆，我沒無聊到那種程度。」

「通聯紀錄顯示，你和她來往的簡訊不少，為什麼刪掉。」

「朱翠霞跟周在祿吵架，找我訴苦，誰管得了夫妻間的糾紛，後來煩了，全刪掉，不接她電話，警方質疑我刪掉簡訊的動機，媽了個動機。」

「你不是朱翠霞外遇對象？」

「七年前偵訊，筆錄上有，再說一次，我不是。」

姚重誼翻翻筆記本，闔上，身體朝後靠著椅背，

「你們家的老三，周在壽？」

「想過。我和他不親，高中畢業他搬到屏東，聽說當了流氓搞賭場，我們老爸死時

他回來見了一面，老爸留下的破公寓值不了多少錢，他和老二怎麼解決，我不清楚。」

「可是你拿了周在祿的錢。」

「是啊，親兄弟明算帳，他拿十五萬給我表示意思一下，我沒雞歪，簽了放棄繼承什麼鳥文件。十五萬，老三看不在眼裡，好像吵了一架，結果怎樣，我不知道。」

「周在壽和你長得很像。」

「我們三兄弟都像老爸，老三高我兩公分，可是他胖。老三殺老二，不是不可能，警方說他有不在場證明，我能怎樣。」

姚重誼上半身前傾，手肘倚著桌面，

「周在祿殺妻呢？」

「也想過，不過誰殺老二？沒想通，警方根本不採信。」

「出事當天你在做什麼？」

「和朋友喝酒。」

「為什麼筆錄上沒有？」

周在福兩眼看著右手撥來弄去的空酒杯，

「不想害朋友，七年前的事，七年前的環境和現在不一樣，我關在牢裡七年，不知道多不一樣，至少和七年前絕不一樣。」他停了話，兩隻手掌相互搓摩，「他已婚，兩女一男三個孩子。」

「告訴我這位朋友的名字，答應幫你重查這個案子。」

周在福拿過姚重誼的筆記本，

「筆。」

他握著姚重誼的筆猶豫一陣子，寫下名字，

「唯一來探過我監的是他，一次，叫他不要再來，為我惹上麻煩，沒必要。」

外面響起腳步聲。

「你答應我拜託的事？」

「鄭鵬飛，記得，不過講在前面，見不見得到他，沒把握。我沒死過。」

周在福歪著嘴笑得開心。

「記得對他說什麼？」

「明天半夜十二點十二分，祖師爺神像，他老婆見他。為什麼十二點十二分？」

「陰時陰分。」

「呃，好大的學問。」

開鎖的聲音。

「如果我死了就死了，化成一陣風飛了，見不到姓鄭的，怎麼辦？」

「我們的約定，憑良心。」

忽然想到黃師公說的劉全，姚重誼補了一句：

「而且，我認識魏徵。」

笑打從肚皮顫動起，和胃酸一樣，壓不下去，他仰起臉笑得冒出眼淚，對面死刑犯的額頭擠出一道道皺紋。

「魏徵？我不認識。我要說的是，萬一我沒遇到鄭鵬飛，你抓不到真凶，誰也沒辦法追究，你不欠我，我不欠你。」

「只好這樣。」

姚重誼喘了幾口氣收起筆記本站起身，

「周在福，一路好走。」

他停在門後補了一句，

「不用半夜來搔我腳心。」

留下發愣的周在福，姚重誼大步走出最後晚餐的……餐廳。

——＊＊——

小傑一早進了台南市南區戶政事務所，上網查過，非直系親屬不能查戶籍資料，他準備了，戶籍謄本上寫父親鄭鵬飛，祖父鄭原委。

黃阿伯對小傑整理的當鋪前八代負責人年紀與接掌當鋪的時間，認為最不尋常的是第五代鄭鑫根，因為打從他起，鄭鐵後代的名字改成兩個字的複名。鄭鑫根身處於動盪的時代，一八九五年滿清和日本簽下馬關條約，將台灣割讓給日本。接著台灣人爆發多次反日的武裝行動，原住民和日本人間衝突激烈。鄭記當鋪於此一期間是否發生變動？

鄭家人長壽，可是鄭鑫根活到一百六十八歲，難以置信。

如果找到祖墳，查看鄭鑫根是否也葬在其中。黃阿伯語氣曖昧地再三囑咐小傑，如果鄭家曾經斷過子嗣、養子繼承或入贅的女婿接掌店務，很正常，不必在意，一旦找到類似線索，就有解開鄭鵬飛死亡之謎的方向。

講到這裡，黃阿伯沒再講下去，小傑隱隱覺得他暗示鄭鑫根是鄭記當鋪轉變的關鍵，想問下去卻不知怎麼問，腦中混沌一片，說不定從鄭原委只活了六十二歲起，他們家從鄭鐵的長壽變得短命。活幾歲和阿爸的死有什麼樣的關聯？

其實六十二歲不算短命，為什麼之前的祖先活到一百歲？

找到祖墳，黃阿伯說自然解謎，沒找到的話，講了也是白講。

祖墳在哪裡？經過這麼多年，說不定祖墳早被市政府偷偷鏟了賣給建設公司蓋公寓。

帶著笑容不時和其他同事說話的戶政事務所阿姨坐進櫃檯，

「查過，你是鄭鐵的後代，你曾祖父鄭鑫根最後的戶籍不在台南，不過他爸爸鄭圭死後葬在台南，日本時代的戶籍資料寫明，證實你是鄭鐵直系後代。想做什麼？四百年了，只怕追不回鄭鐵房地產。」

「不是，想知道我家祖墳在哪裡，還在不在？」

阿姨戴起老花眼鏡，伸出右手指頭，

「認祖歸宗？我敲電腦查嘍，萬一查到，多出數不清的親戚，你年輕，親戚多不見得是好事，真要查？」

「是。」

阿姨的指頭敲向鍵盤，由一指變成十指，眼神專注在螢幕。

好久，她總算離開螢幕，

「一九四九年以前的沒輸進電腦，太早，我這兒查不到。」

她在紙上窸窣寫了幾個字，

「去社會局查，以前的資料他們應該留著，我幫你先打電話。」

幸好阿姨打了電話，當小傑抵達社會局，看到一疊得戴白棉布手套才能翻閱的大冊子，封在透明塑膠公文盒內。

「幾歲了？十七，查你們家祖墳，難得，如果查不到，可能遷葬到靈骨塔，可能由後代撿骨葬到別處，我們沒辦法提供答案。」

「活人有戶籍，死人也有？」

也戴棉布手套的大哥哥回他：

「管理單位不一樣，活人由戶政事務所管理，死人由社會局。死很久很久的，不歸文化部的就歸國史館，少數歸國防部，葬在國軍公墓。」

大哥哥講得嚴肅，臉上肌肉動也不動。

「一兩百年前，那個時代的人大多土葬，墓仔埔，保存到現在，不樂觀。」

「那個時代？」

「我這樣說啊？嗯，經過很多時代，其中那個時代，」大哥哥仰起頭若有所思，「忽然感受到它的存在，久遠的事情憑空冒在我們面前，變成特別的時代。」

「特別的時代？」

「其他人不見得在意，可是你會牢牢記得。」

「查到了。」小傑的臉貼到黃黃的紙上。

「永康區，不遠。我第一次遇到這種事，有人找祖墳，居然找到，太玄。今天是我特別的一天。」

「還在嗎？」

「如果屬於建築用地，得找財政局；如果一般山坡地、農地，找地政局。我幫你打電話問問，如果在的話，四百年前古墳，可以申請為市級古蹟，得找文化局。萬一文化局通過認證，你家祖墳那塊地不得改建，政府每年編預算幫助你們家整修。」

「喔。」

「以前的地名，不好找，到了那裡可以問當地警察局。這樣好了，我幫你問，就我所知，那附近都是田，」他握著話筒看著鍵盤思考，「問農業局比較對。」

張寶琳的機車停在對面，暑假過了十幾天，她的腿已經古銅色。

「你家的祖墳可以申請古蹟？」

多少有點失落，小傑接過安全帽，

「差一點，文化局說遷葬過。農業局說墓園屬於我一位親戚，從不知道、從未見過面的親戚。警察局說墓園還在，幾次水災那裡神奇地一點事也沒，說我們家祖上積德，墓園後面的大榕樹已經好大了。」

「我們去永康？」

小傑看手機，

「不行，羅曼坐高鐵，十一點三十二分到，搭巴士到市區，問我們哪裡碰頭？」

「他來幫你忙？」

不能明說羅曼找機會來看她，漏朋友的氣。

「他妹也來。」

「Rolei 也來？」

啊，那個時代原來是這個意思，當鋪玻璃櫃有個角落擺了好幾支勞力士手錶，不是數位的，不能藍牙，Rolei 屬於那個時代，非常不先進，卻是每樣東西若留到今日無不值錢的時代。

這是他們四個人一起站在鄭家祖墳前的原因，本來小傑一個人來就好，他沒車，不能不坐張寶琳的。

他和張寶琳來就好，羅曼不知哪裡借來機車，堅持載羅蕾一起來不可。

羅曼騎在車上不停對小傑眨眼睛，小傑懂意思，他載羅蕾沒問題，剩下誰載誰，不關他的事，沒想到羅蕾非坐羅曼的車不可，她的說法直接有力：

「哥哥載我，馬麻說的，到哪裡要跟著哥哥。」

羅曼眼神裡透出一個訊息：死了。

因而小傑坐張寶琳小噗噗後座，坐得各種難受，不敢觸碰張寶琳背心，兩手往後撐，後面沒貨架，找不到手抓的地方，不得不抓大腿下方、座墊下方的一點點突出空間，如果路面有顆小石子顛到車輪，啊捏丟死啊。

更糟的，羅曼車緊跟在後，一對賊眼盯著他不放。

長到十七歲，靠，最難過的四十五分鐘。

四十五分鐘後，他們將車停在產業道路，走進田埂，穿過插滿秧的綠油油稻田，走到圓蓋形的小樹林內，確有一棵大榕樹，枝葉陽傘般罩住小山丘，陰暗處立著長出雜草的斑駁紅磚牆，陽光晒了多年的緣故，紅磚失去大部分色彩，某些部分長滿厚厚的鮮綠地錦。

明明三十七度，一走進樹蔭，羅曼喊：

「冷死我，陰森森，是怎樣，你家祖墳非蓋這裡，不喜歡夏天早講，我穿羽絨衣來。」

小傑沒回嘴，羅蕾回了：

「好涼快唷。」

「妳是我老妹？當老妹要知禮數，妳老哥說話，不可以嗆，否則——」

「回去告訴馬麻。」

小傑愈來愈喜歡羅蕾，喜歡程度超過羅曼。他猛然問自己，發生什麼事，羅曼是兄弟，以後搞不好一生一世當朋友。

不像墳墓像房子，後面圓筒狀，前面方形，如果用遙控飛機從空中拍，像鑰匙孔。圓筒房子後面是小山丘與丘上的大榕樹。說不定山丘根本榕樹的根，哪個祖先遷葬祖墳到這裡，本來又在哪裡？

沒人敢動田中央的大樹，長成這麼大的樹必有靈。黃阿伯說過。

「人家榕樹下蓋廟，你家把廟的地方占了蓋墳墓，欠神明。你們沒感覺到那個字，涼成這樣沒感覺？麻木。我八字重，不適合見它們，在外面等，有事叫我。」羅曼跳著出去。

冷，和冬天氣溫低，西北風吹的感覺不一樣，進冰庫般的冷。張寶琳呵著兩手，小傑也跳，不然血液被凍得流不動，倒是羅蕾沒喊冷，她穿短袖短裙，小傑跳過去握她的手，熱的，張寶琳乾脆抱起她取暖。

不是那個字，那個字沒溫度，那她是哪個字？

不像墳墓是因為前面沒有墓碑，方形房子加裝柵欄式鐵門，透過空隙看到裡面是深咖啡色木門，上面刻了字，雖然極不清晰，小傑一眼認出：

「台南鄭氏歷代祖先。」

「找到了。」張寶琳抱羅蕾擠過來看。

「你沒你家祖墳的鑰匙？不能亂闖啦，萬一被人家當成小偷，幹，小偷一世人做豎仔，找你親戚來開門。」十公尺外的羅曼對張寶琳靠近小傑表達他的心情。

羅曼站在樹蔭外的陽光下，幾次想進樹蔭，又退回。

小傑拉鐵柵欄門，一拉竟開了。

「喂，是怎樣，我講話沒人在聽，誠心被當成不關心，不要亂闖民宅。」羅曼退了兩步說，他快退進田裡。

「沒關係，墳墓，不是民宅，裡面只有鬼而已。」張寶琳向前邁了一大步。

「不能進去。」羅蕾和羅曼一國。

羅蕾的小胖手指木門上面用小片瓷磚還是交趾陶做成的拼圖——不是圖，是字，畫成圖形的字。小傑認得，他喊羅曼：

「是不是？」

羅曼猛搖手，

「叫你們不要進去，這個不是符就是咒，榕樹下不蓋廟蓋墳墓，看也知道不能碰。」

「管他。」張寶琳已經推木門。

木門不動，連灰也沒落。

小傑跟著再推，一手不行，兩手推。不動。

仔細檢查木門，沒有鎖，沒有握把，什麼也沒有的一塊原木大門，不但沒有鎖，連拉的把手也沒有。

推不動，無處可拉，踹呢？

「別踹，小傑，你家祖墳，裡面關一拖拉庫姓鄭的那個字，你踹了倒大楣，到時別想我替你化解。」

羅曼說的也對，踹自家祖墳非常不二十四孝。

拿手機拍下門楣上的交趾陶圖形，他回到陽光下講手機：

「黃阿伯，我們在台南的永康。找到了，可是門上貼了符咒，打不開門，羅曼看不懂符咒。對，羅曼和羅蕾在，羅蕾到現在還沒喊肚子餓。」

「餓了。」羅蕾說。

講手機的換了人，小傑聲音變小：

「吃過早餐，媽，不是說過，睡朋友家。」

「你在台南哪有朋友。」羅曼耳朵尖。

小傑看看張寶琳，繼續講手機：

「找到阿爸家的祖墳了，好啦，明天回去。」

「羅蕾，我們走。」羅曼向羅蕾招手。

張寶琳看小傑，小傑看羅曼，羅曼看羅蕾，羅蕾看木門上的交趾陶。

「我懂了。」張寶琳說。

「妳不懂。」羅曼衝進來拉張寶琳懷裡的羅蕾，拉不動。

「我睡她家客廳，張爸爸和張媽媽很客氣。」小傑心虛地說。

「你見了她爸爸媽媽？靠，十七歲沒這樣搞的。」羅曼說。

「我更懂了。」張寶琳說。

沒人再說，小傑手機響，他看傳來的訊息。

「黃阿伯傳來，元始天尊的符，上面寫的字是，好長，青玄祖炁玉清元始天尊妙無上帝敕令，下面還有小字，二十八宿急急如律令，神鬼莫入。我對對看。」

他拿手機比對門上的交趾陶。

「什麼火星文？」張寶琳臉孔湊近手機。

「二十八宿呀，東宮蒼龍、北宮玄武、西宮白虎、南宮朱雀，下轄二十八顆星星，道教守護神二十八將，護衛元始天尊，鎮壓各地鬼怪。」

羅曼停住，神情懊惱，說太快，不小心說出那個字。他不怕那個字了，可是說出來還是怪怪的。小傑和張寶琳張大眼看他。

「果然師公，比唱嘻哈還厲害。」張寶琳說。

「酷。」小傑說。

「我們怎麼辦？」羅曼半個身體伸進陰暗處。

「哥哥衝進去。」羅蕾說。

小傑看羅曼，恰巧羅曼也看他。

「哪個哥哥？」他們一起說。

說什麼也沒用，黃師公傳來訊息，若要解開元始天尊敕令，一是請元始天尊現身，其他神明好請，元始天尊難，祂是道教至高無上的神祇，和上帝、玉皇大帝一樣忙；一是請張天師的五雷正心符，更難，除非找到張天師本人。

找張天師，誰都知道張天師是一千多年前的人，不管變鬼變仙，在台灣怎麼找張天師？小傑覺得掉進比天坑更大的陷阱，二十一世紀了，哪裡找張天師？

「上網買就有，」羅曼喊，「我馬上買，寄哪裡？」

「你師父說要張天師親筆寫的符。」

「網路上賣的攏麼是親筆的。」

「五雷正心符，一定要正牌張天師，親筆。」

羅曼沒聲音了。

「正牌張天師？我認識。」張寶琳說。

啊，張寶琳也姓張，說不定張寶琳是張天師的後代。

不過聽說全世界姓張的，隨便算也有九千多萬人。

「我爸朋友，小時候見過，我爸說他是張天師，要我叫他阿公。」

「張天師，老天的天，老師的師。」小傑再確認。

「對呀，他爸也是張天師，一九四九年從大陸到台灣，我爸認識的張天師是他姪兒，繼承張天師。」

「張天師和鄭記當鋪朝奉一樣，可以繼承？」
「你家可以，別人不行？」
「我們道教的張天師，活在元朝的張天師？」羅曼往前跨半步，「妳叫張天師阿公，我該叫妳什麼？」
「祖嬤。」這是羅蕾說的。

東漢人張道陵於公元二世紀創立五斗米道，屬於道教的一個分支，不肯做官，潛心修習道術。據說他練長生術有成，活到一百二十三歲騎虎升天，號為張天師，日後繼承者被稱為天師道，也稱符籙派，以符咒正心求世。

兒子張衡接掌教派，傳給他的兒子張魯。張天師並非只指張道陵，他們由兒子世襲這個稱號，後來改稱正一派，道士可以結婚。

唐玄宗虔信道教，封張道陵為神，以後歷代皇帝一再加封，元朝武宗是張天師大粉絲，又封第二代張衡、第三代張魯為神，張天師一族便成為道教教主的真君。

一九四九年，第六十三代的張天師隨國民政府來到台灣。

黃師公在手機螢幕上一口氣講完，不知誰的手遞去運動飲料，小傑第一次見到黃阿伯喝冰的。

啊，老媽的手。

「小傑，遇到元始天尊符是福分，你覺得？」

小傑腦中許多思路撞成連環車禍，大概得找大型拖吊車來清理。

「阿伯，張道陵活到一百二十三歲？」

「我們的經典上這麼寫。」

「只傳兒子不傳女兒？」

「經典寫的。」

「張天師到了台灣？」

「聽說，我沒見過。」

「得找到張天師，拿到五雷正心法的符，破我家祖墳上面的元始天尊符？」

「不是破，天師符可以解元始天尊的符。」

「像鑰匙啦。」羅蕾說。

「去哪裡找張天師？」

「小傑，你家的事，得由你去解。相信自己，你血液裡流著鄭鐵以來的鄭家ＤＮＡ，沒問題的。」

黃師公下了線。

「張天師，小傑，你找得到？」羅曼口氣帶著不信任。

「我家的事，一定要找到。」

「拜託，去哪裡找？」

張寶琳甩甩她的短髮，

「早對你們說過我認識，張阿公住南投。」

——＊＊——

姚巡官坐在辛亥路第二殯儀館一角的台北市相驗暨解剖中心，兩臂放扶手，背脊打直，兩眼平視前方，有如聽長官訓話。手機響起，他不急著通話，緩緩起身，握著冰水的啤酒罐走到外面走廊，仰脖子喝下好大一口，這才滑開螢幕。

他專注地聽，偶爾插一句話：

「執行了？謝謝倪長官，麻醉藥生效？太好了。」

舉起啤酒罐再放下，

「朱翠霞家人沒去？也是，看得難過。周在壽出面處理後事，老三終於出現了。」

他站得筆挺，

「我在昺法醫這裡，一罐啤酒送周在福上路。」

閉眼默哀，睜開眼時天澈底黑了。

「是的，他給我一個名字，和他的交換條件依然有效，誰曉得，長官當然不信，我也姑妄試試。如果追出周在福的冤情，不免傷害長官，不在意吧？是，了解，我盡力追查。」

他喝另一口酒，收起手機。

老昺用他不黃不白的醫師袍抹啤酒罐口也出來。

「老倪？」

「他送完周在福過來，問你要宵夜嗎，我回他，凡吃的，昺法醫當然要。」

「話雖不錯，從你嘴裡說出來，怎麼聽得刺耳。告訴老倪了？」

「說了。」

傍晚離開看守所，姚巡官叩了勤務中心，查出地址和電話，立即聯絡，對方接了。趕去約定的地點花半個多小時，見面只需三十秒，雖然後來花了一個多小時。

羅敏雄迎他進辦公室，小而雜亂，下班時間卻看來沒人下班。

「接了大案子，小室內設計公司，連我在內一共七人，不能不加班。」羅敏雄拉過椅子請姚巡官坐。

眼眶紅的，羅敏雄問：

「今天晚上？這麼快。」

七年，等了七年依然同樣結果。浪費七年，也可解釋為努力七年。

他關上辦公室的門，抽了衛生紙抹鏡片後的淚水，

「他不讓我去，早知道我說什麼昨天也該去，昨天是他生日。」

不知是否妥當，姚巡官拍了拍羅敏雄的背，溼的。

「我叫他說出真相，我作證，他的不在場證明，火燒車前一晚他沒去公車調度場，沒去周在祿家，一整晚和我在一起。他不肯。姚警官，你明白為什麼嗎？為了我。」

姚巡官點頭，雖他不是很明白，但這個氣氛下，他應該點頭。

「我結婚十一年，三個孩子，老大十歲了。如果沒遇到他，也許認命做個好老公、好老爸。我修車認識他。」

替他抽了衛生紙遞去。

「那天他和我在一起，叫他對警察明說，我的祕密相比他的性命，我的不再重要。他不肯，不怕警察怕媒體。我妻子知道一些，她從沒問過。我孩子不知道，難以想像他們知道後怎麼反應。該死的是我。我是膽小鬼，懦夫。」

想走，不能走，這時若打開門，其他同事沒看到也聽到，哭聲。

「前後找了幾位律師，勸我們不必逞英雄，因為我作為不在場證明，被法官採信的機率不高，畢竟我是他的情人，利益迴避原則，那天又沒有證據可以證明我們在一起。」

「旅館，」姚巡官遲疑一會兒，「旅館的監視器，住宿發票。」
「等我鼓起勇氣，旅館已經刪了幾年沒人詢問的錄影檔案。」
任他哭吧。
想到老婆幾年前沒頭沒腦問他一句，記得我們結婚的第一年？
記得。
那就好。
什麼意思？
老婆對遲歸的姚巡官說，你晚回來我會亂想，現在還是一樣。
我警察，晚回來一定公事。
你不懂。
了解羅敏雄的懊喪，他的悲痛。

覺得該聽下去，羅敏雄這番話沒人可講，無法對老婆講，不能對朋友講。既然聽下去，何妨也問幾句。
「羅先生，你知道誰殺周在祿？」
「阿福曾經提過，他弟周在祿好賭，老婆受不了，紅杏出牆，周在祿懷疑過他哥，為此阿福特地去解釋，好像沒能解開心結，打了一架。」

「周在福和朱翠霞真的沒關係？」

「他認為朱翠霞想離婚，對他說經常挨打、被周在祿虐待的話，想打離婚官司，請求周在福替她作證。他——十二歲知道自己的性向。周在祿是殺朱翠霞的凶手嗎？公車火燒案發生後那幾天我沒找到他，我也忙，看到新聞嚇一跳，凶手怎麼可能是他。你覺得周在祿破壞公車害死老婆而後自殺？」

不是沒有可能，唯一漏洞在於周在祿頸項留著兩道勒痕。

「今天晚上幾點？土城？」

「不確定幾點。」

「我能去嗎？」

「進不去。」

「阿福對你說了什麼？」

「給了我你的名字，我答應周在福，即使他死了，我照樣想辦法查出真相，因為見到你，我相信他不是凶手。」

「今天晚上，真·相·被·槍·斃·了。」羅敏雄趴在桌面哭。

「真相，無法槍決。真相只是被撇在角落。」

「說得挺有氣魄。」老昊揮手將一隻蚊子打死在醫師袍上，一撮血漬。「沒屁個意義，告訴我真相在哪個角落，我拿解剖刀割他鼠蹊處的血管。」

和法醫交朋友，過度驚悚。

「我建議警政署把解剖刀列管為殺人利器。」

「不用怕，說，見過羅敏雄，相信他的說詞？」

「昺法醫，如果你見到他也會相信。排除周在福殺人，想不透的是周在祿。如果他殺朱翠霞，下藥、破壞公車油管，兩道手續，直接下老鼠藥毒死豈不簡單多了。費盡心機安排雙重謀殺，讓公車起火，老婆神智不清死在車上，一把火燒了屍體，他不在現場，找不出他破壞公車的證據。你看，一切如他設計的，換成你我，不會自殺吧。」

「殺老婆？連幻想都犯法。」

「周在祿不自殺，警方頂多把他列為嫌疑犯，五十五十，我是說他被起訴的機率。因為內疚而自殺？我幹刑警不少年，敢設計這麼周延，狠心下毒手的凶手哪會內疚。」

「周在福不是凶手，周在祿也不是凶手，小姚，兩個人前後死了，還有誰是嫌犯，我看放棄吧。」

「答應周在福了。」

昺法醫右手食指彎成7字形，

「和周在福怎麼約定？他找到鄭鵬飛，晚上摳你腳心，你找出凶手，摳他骨灰？」

「昺長官，你的缺點，非把所有事情講到別人吐為止。」

老倪十點多到了相驗中心，並且傳訊息請昺法醫務必在場，答應帶宵夜。

三人擠昺法醫房間顯得空氣稀薄，冷氣聲音大，宵夜的紙盒攤桌面，滿了。解剖室寬敞十幾倍，冷氣強而無聲，講話有回音，半空飄些灰色的鬼魂幫忙出主意。老昺不同意去解剖室，

「你替周在福翻案，翻案成功，倪大隊長得接受懲罰，一言不合萬一打起來，我解剖室裡刀子鎚子，連電鑽也有，難收拾。」

老倪往椅背一癱，

「說吧，你查出什麼。我是七年前偵辦周在福殺人案的負責人，你查出真相，我該怎樣就怎樣，不逃避。」

老昺搶在姚巡官前面開口：

「倪大隊長，當我小人之心，你計畫問出小姚調查內容，要是對你不利，你陰謀殺小姚滅口，找我當見證，是不是我知道太多詳情，順便連我一併宰了。聽說你明年有希望升六都警察局長，升官大發財。」

「以為你是朋友，請你吃宵夜，原來你怕我殺朋友。」

「倪大隊長不是你想的那種人。」姚巡官對昺法醫笑笑。

「你們交情夠，關公和張飛，吵架不翻臉，君子，我周瑜，任你們欺負。」

「昃法醫，你是我們尊敬的前輩，不是周瑜。連日反省，小姚告訴我羅敏雄和周在福在一起，沒錯，他們關係親密，要是七年前羅敏雄出面作證，我們採信的機率很低，法官面前，情人比親人更無說服力。」他的指關節往桌面敲出馬蹄聲，「我說我反省後的看法，你們聽聽。」

七年前出事前一天，周在祿已經揭發朱翠霞與其他男人通姦，認定是周在福，又有鄰居指認周在福常到周在祿家，之前兩人吵過架，周在祿秀出朱翠霞手機、家裡市話帳單上的通聯，分明和周在福經常通話。周在福解釋不清，後來懶得解釋，周在祿不肯作罷，抓住周在福某個把柄，他們兄弟，彼此間總有些祕密不得不分享。

被糾纏不清的周在福不願再沾朱翠霞，再說他已有男友，犯不著為弟妹背包袱，但朱翠霞不肯，也許她不知道周在福的性向，早已呷意這位大伯。

警方從周在祿家的市話與朱翠霞手機通聯紀錄，鎖定周在福為嫌犯，查周在福手機，發現他刪掉很多訊息，顯示周在福移情別戀，想甩掉朱翠霞，可是朱翠霞不肯，周在福懂車，了解公車調度場的環境，帶了工具，朱翠霞搭那班車上班。很好，一次解決。

既有羅敏雄的證詞，排除周在福與朱翠霞的不倫關係，但朱翠霞面對周在祿的追問，當然不肯說出對象是誰，不否認周在祿對周在福的指控，使周在祿更加認定外遇對象是大哥。

周在祿戴綠帽的怨恨累積已久，將安眠藥加進朱翠霞的水杯，原想毒死老婆，想不到藥性不夠，朱翠霞精神恍惚出門搭公車，死於意外。

周在祿認定大哥搞上他老婆，周在福屢次解釋不聽，甚至出口威脅，搞弟妹能毀掉男人的名譽，周在福氣得也失控，朝周在祿平日開的公車動手腳，怎麼也沒想到那天周在祿請假看病，朱翠霞還搭了那班車。

警方搜索周在福修車場和住家，找出周在祿上吊用的繩子，認定周在福不但破壞公車，事後擔心周在祿指控他是凶手，一不做二不休，殺了周在祿。

犯罪者常為掩飾證據，一錯再錯。

另一方面，查過周在福修車場生意每況愈下，新一代汽車和以前的不一樣，哪裡壞了整組換，去原廠容易拿到零件，不像以前拆引擎，費工，送來修的車子減少。他不欠債，卻也沒什麼存款，四十多歲的單身男人，需要錢。

這幾天再三省思，問過幾位心理專家，周在祿揭穿周在福是他老婆姘頭，可能對周在福另有傷害，傳出去難聽，他又有伴侶，修車場一名員工曾說周在福有女朋友，經常到外面街道邊講手機。專家以為周在福擔心姘上弟妹被社會恥笑，被伴侶看不起，難堪、失去面子往往是殺人的主要動機，

「可惜缺少直接證據，這是我最大遺憾。小姚，你說吧。」

「是，我直說，不保留。」

「說。」

周在福早有男友羅敏雄，從性向看，不可能對朱翠霞產生感情，況且他修車場工作忙，沒有哥哥閒到經常去弟弟家，倒是朱翠霞向他哭訴遭家暴，要求大哥出面制止，一而再、再而三，周在福煩了，不接朱翠霞的電話。

出事當天，朱翠霞一夜沒睡好，清晨起來吃了安眠藥——她是護理師，拿到安眠藥不成問題，而且警方搜索報告上載明周在祿家留有安眠藥空罐，未必是周在祿的，處方藥物，藥房不出售，更可能是朱翠霞的。

追查醫院，周在祿就醫紀錄裡沒有身心科，沒醫生開過安眠藥給他。

「長官，我自首，」姚巡官舉起一隻手，「找了關係進健保檔案查詢。」

「查到周天祿沒領過安眠藥？」

「更多。」

意外查到出事那天，周在祿請假並非看病，是和醫生討論治療方法。兩星期前醫院檢驗出他罹患食道腫瘤，醫生主張動手術，他需要幾天時間思考，出事前他決定接受手術，掛了號並向公司請假。

他喝多酒，債主追上門，心情不好，一股腦把患病的事告訴老婆，哪知朱翠霞未表達絲毫關心，甚至不肯請假陪他去醫院。

一氣之下，他決定找讓他戴綠帽子的男人算帳。

姚巡官停下話，

「以下是我推測的。」

朱翠霞外遇對象不是周在福，是醫院同事范宥明，無法猜想周在祿怎麼發現是范宥明，查老婆手機吧。

之所以懷疑范宥明，朱翠霞手機通聯紀錄裡，常通話的號碼之一是范宥明的。周在祿認定搞他老婆的是大哥，從不認為是范宥明。

我初步調查，范宥明是同一醫院的藥師，院方說他年紀大，前幾年退休了。

沒想到的是，朱翠霞前幾晚心情亂沒睡好，又和范宥明通話，周在祿聽到她和范宥明約了搭同一班公車上班，還說那天周在祿去醫院不會開車，周在祿更火。

當晚情緒複雜的朱翠霞吃安眠藥，我猜朱翠霞聽到周在祿罹癌，良心不安，反覆徘徊於該不該了結這段不正常感情。

周在祿一時氣得失去理智，到調度場破壞了公車。

心神不定的朱翠霞坐上原本該她丈夫開的公車，運氣不好，公車剎車失靈引發火燒車。

周在祿回診，掛號紀錄顯示他確掛了號，也以健保卡報到，可是沒進診間，至少沒有開藥和繳掛號費的紀錄。他在等看病時看到候診室電視上的新聞，原本該他開的公車起火，又接到朱翠霞醫院的電話問朱翠霞怎麼沒去上班。

兩者連在一起，周在祿急得病也不看到處亂跑，咖啡館，不然小麵店，看見電視新聞畫面裡閃過朱翠霞未被燒毀的鞋子，我記得警方證物裡包括她工作醫院指認的護理師專用鞋。周在祿驚得失去理智。

賭債、老婆外遇、罹癌，所有事情一下使周在祿失去活下去的意念，找到周在福給朱翠霞的一段繩子，即上吊自殺。

殺朱翠霞與公車上無辜乘客的是周在祿，他的死則是自殺。

家裡恰好有截登山繩，周在福綁舊衣服拿去給朱翠霞，一般尼龍繩大家信手丟掉，登山繩用處多，比較不會扔。所以登山繩驗出周在福指紋。

「我漏了查安眠藥的來源，當初想當然耳是周在祿的。他媽的，朱翠霞是護理師，我們犯下大錯。」

老倪拿過老昺喝的剩下一口啤酒灌進嘴。

「長官，誰也不會想到，周在祿沒看過身心科，去藥房買不到安眠藥，我才想到朱翠霞是護理師，拿安眠藥太簡單了。」

「不必安慰我。你認為從頭到尾凶手僅周在祿一人，怎麼證明范宥明是周翠霞姘頭？」

「范宥明手機通聯紀錄，七年了，電信公司一定查得出。」

「我查。怎麼解釋周在祿脖子的兩道勒痕？」

「這是我卡住的地方，長官，你們當時搜索周在祿家，發現另一條繩子嗎？」

老倪陷入沉思。

「聽半天，輪我說幾句了。」

「昺法醫請說。」

出事過程確如姚重誼說的，男人發現老婆外遇後，心情往往朝不平衡幾近於變態的方向發展，不會因第三者是范宥明就饒過周在福。加上罹癌、賭債、每天開公車的勞累，周在祿認定每個認識的男人都搞過他老婆，和周在福吵過很多次是證據。

火燒車的新聞很大，周在福和羅敏雄分手後回到修車場或是回家得知消息，擔心公車司機的二弟會不會是這班車的駕駛，打了手機和市話詢問。周在祿沒回，周在福更急，跑去弟弟家，找到人，得知朱翠霞死在車上，那輛車屬於周在祿公司，情急的周在福即指責周在祿是凶手，他們兄弟，了解彼此。周在福痛罵周在祿喪盡天良，不是人。

周在祿闖下大禍，心裡滿是悔恨、不知所措。一時解不開老婆外遇的憤怒，演變為仇恨，滿腦子想的是報仇。

事後周在祿不免悔恨夾雜擔心，周在福找上門罵他，兩人由吵到大打出手，周在福失手勒死周在祿，偽裝成自殺，帶走勒死周在祿的那截繩子。

「叮咚，本法醫破案，這是你們找不到的直接證據，找不到致命繩子的原因。」

「昺法醫，」老倪斜著眼，「你把我和小姚的推理揉成一個新麵團捏成驚嘆號，這叫破案？」

「周在福死前要我幫忙翻案，要槍決了，為什麼不明說他殺周在祿，但沒燒公車？」

「你們不懂，坐七年牢看看，沒出獄希望的漫長囚禁，這種情況下，犯人經常一而再地對自己說我沒罪，到最後真相信自己沒罪。槍決前你個白痴送上門，他自我催眠所累積的自怨自艾不往你身上發洩，往誰？」

「他騙我？下意識騙我？找鄭鵬飛的約定根本信口胡說？」

昺法醫拿出菸，

「到樓下呼吸新鮮空氣。」

二殯的夜晚靜得令人發毛，兩盞路燈半亮不亮，幾股熱風竄過廳堂中間的道路，停車場不知誰該開走尚未開走的車閃著方向燈。

他們站成三角形，對著中間的菸灰筒大量吐煙。

「騙你也未必，」換成咼法醫安慰姚巡官，「到最後，判斷人，看人品，如果周在福守信用找到鄭鵬飛，我的推理當放屁，如果鄭鵬飛沒收到訊息，嘿，我的推理成立，老倪不用為直接證據自慚，小姚咧，白忙一場，如此而已。」

兩名警察不高興也不沮喪，他們封閉式自我思考中。

老倪站得稍遠，姚巡官和咼法醫中間是長筒狀菸灰筒，咼法醫後面是電燈杆，天上雖離滿天星斗差了「滿天」，大熊星座仍看得清，老咼指星座，

「不可能。」

「不可什麼能？」老倪語氣透著星火。

「不會吧。」

「咼法醫，怎麼了？」

「你們看我們站的位置。」

老倪看咼法醫，姚巡官看路燈杆。

「看天上。我們站的線條像不像天上的。」昺法醫中氣十足。

兩人看天空了，老倪瞭天文，

「大熊星座。」

「我還小叮噹星座。古稱，北斗七星。」

「哦，怎樣？」

「叩黃老道起床尿尿，我破解鄭鵬飛死前的姿勢了。」

「他姿勢怎樣？」

「誰看過《三國演義》？」

「我。」兩人同時回答。

老倪聳聳肩，

「我看的是日本漫畫版，也算看過。」

昺法醫揮手中快燒到手指的香菸喊：

「諸葛亮死前做什麼？」

好問題，諸葛亮死前寫〈出師表〉，不對，他早幾年前寫的。把傳說中的《武侯兵法》傳授姜維？死前叫姜維殺魏延？擺空城計嚇司馬懿？

「昺法醫，到底想說什麼？」

「諸葛亮死前在五丈原作法，用七星燈續命。」

……………

「小姚，聽懂老灰仔說的話？」

「聽懂諸葛亮。」

「不說諸葛亮還好，說了諸葛亮，誰不當他腦神經秀逗。」

「偏偏他說了，沒有前言，沒有序言什麼的，突然說了諸葛亮。」

「是我們從書上看到的諸葛亮？」

「搞不好他說的是電視裡的豬哥亮。」

昺法醫大聲講手機，不怕吵醒二殯多少孤魂野鬼。

「黃老道，我發現了。嘿嘿嘿，你這個道士解不開的謎，我們學科學的解開了。不必急著磕頭，我說呀，讀書重要，不讀書就憑幾道符咒，沒辦法參透人的複雜世界。我說的是《三國演義》。」

第四章

諸葛亮的天意不可逆

原來張天師在這裡

道教主要分兩大派系，煉丹修身派與符咒濟世派。前者冀望成仙，後者則因法力成神。勸成吉思汗勿屠戮眾生的丘處機屬於全真道，以煉丹為主，張道陵開創的龍虎山天師道，與茅山上清派、閣皂山（武夷山）靈寶派，並稱「三山符籙」，則以符咒為主。

符者，信也。

憑著符，與神鬼溝通，可是畫符者必須具備令神信任、令鬼敬畏的本領，也就是修道者的氣場。

—— ** ——

「你們在哪裡？」

「快到南投了。」女孩聲音裡夾著風，夾著車聲。

「妳是？」

「張寶琳，小傑和羅曼的朋友。阿伯好，換小傑騎車，我在後座，要我們停下車讓小傑跟你說話嗎，還是羅曼，他的車在後面。」

黃師公放下手機看著灑滿清晨陽光的千歲宮前廣場，另一支手機伸到他眼前，螢幕顯示 google 地圖。

「告訴小傑，南投縣魚池鄉，找玄機院孔明廟的司馬先生，等下我跟司馬通話，你們聽他安排，記住，每一細節錯不得，不要漏了。」

黃師公握放大鏡翻著書頁，近年視力退化嚴重，卻不肯戴眼鏡，老人的固執。他還不肯戴助聽器，不肯做健康檢查，不肯抽新樂園與長壽以外的香菸。

「昺法醫厲害，看出鄭鵬飛死時躺成大字形和擺設蠟燭的原因。」

因而當黃師公誇獎昺法醫，宗教誇獎科學，後者得意到手舞足蹈的地步。

姚巡官依舊困惑，完全無視昺法醫的興奮，

「師公，偉大的昺法醫究竟發現什麼？」

「他發現，」黃師公咳了幾聲嗽，菸抽太多，「鄭鵬飛死前做的事和諸葛亮一樣，道家的禳星術。」

諸葛亮病逝於公元二三四年，歷史上說他積勞成疾，用現代醫學角度推測，

「肺結核，他咳血，營養不良導致貧血，睡眠不足，工作壓力大，支氣管擴張，我看得做肺部切片，擔心他罹癌。」昺法醫吃著黃師公的午餐和自己的早餐。

「《三國志》上，司馬懿聽說諸葛亮每天吃得很少，刑罰二十杖以上案件親自處理，從早到晚沒停過。」姚巡官看著手機說。「司馬懿對他手下說，諸葛亮死定了，累死，沒寫死於肺結核。」

「咳血是肺結核明顯病徵，如今一提諸葛亮，草船借箭、三氣周瑜，集中在他神機妙算，打仗辦公之外，發明木牛流馬，好像他萬能。告訴你們，諸葛老兄不懂醫學，起碼的健康也不顧，早上吃一把水果，晚上啃根紅蘿蔔都好，他一餐半碗飯，能活五十三年已經不容易了。」昺法醫推了沉思中的黃師公一把，「我說的對吧，大法師，多吃青菜，老吃稀飯對胃不好。你叫小傑他們去魚池鄉做什麼，釣魚？」

黃師公的辦公室在千歲宮左廂後面，很少用。年紀大，視力不好，又不肯動白內障手術，他反對任何侵入性治療，生死由命掛嘴上。為了光線明亮方便閱讀，搬張小桌子擺在正殿外的走廊西南角，透風，陽光好，誰進廣場沒到千歲宮上香拜拜，逃不過他法眼。

茶壺、熱水壺之外，桌面堆滿一夜間他翻出來的書籍。

「老道，說話呀，你懂不懂諸葛亮的禳星術，不懂，我們問別人，別逞強。」

一支古老的HTC手機放於一堆書上面，長年抽菸燻黃的指頭往螢幕上一按，亮了，螢幕上展現一張照片。

「小傑他們昨天在台南找到鄭家祖墳，進不去，門上鑲了道教元始天尊的符籙，符寫在紙上，用的文字類似篆文，所以也叫符篆。你們看。」

扭曲的文字，寫成細長條。

「青玄祖炁玉清元始天尊妙無上帝敕令，下面還有小字，二十八宿急急如律令，神鬼莫入。」黃師公唸著。

「小傑家祖墳貼了符籙，你們道教元始天尊的敕令，讚，什麼意思？」昺法醫的視線離開螢幕，脖子左右扭，彷彿低頭看手機吃力，隨時做頸部運動。

「符咒上面畫了圖，像什麼？」

「看不出。」姚巡官的臉仍對著HTC。

「你手機太老，畫素低，誰看得出是什麼。」昺法醫不願再看螢幕一眼。

「歪曲的線條。」姚巡官看出來了。

「很好。」黃師公閉起眼。

「好什麼？」昺法醫不得不再次低頭看螢幕。

「你提過的北斗七星。」黃師公說。

「這是北斗七星？元始天尊符籙上也畫這個是哪門子意思。」

「《三國演義》第一〇三回，上方谷司馬受困，五丈原諸葛禳星。」黃師公吐出清楚的每個字。

公元二三四年農曆八月的中秋節晚上，天氣好，蜀軍駐紮在如今陝西的寶雞市附近叫作五丈原的山區，抬頭看得見晶瑩閃爍的銀河，鎧甲布滿冰涼的露水，沒有風，軍營內軍旗動也不動，聽不到任何聲音。

諸葛亮下榻的中軍帳外，大將姜維率領四十九名士兵環繞四周警衛，諸葛亮在帳內的地面擺了七盞大燈與四十九盞小燈，中間是燃燒於油中的本命燈。他對著北斗七星的方向祝禱，祈求上天多給幾年壽命，完成消滅曹魏的使命。

第二天重病的他如平常抱病主持軍政事務，不停地咳血。

根據記載，從那天起他每夜作法，稱為禳星祈命。

「太玄，拜託講國語，本命燈是什麼？」

「寫了生辰八字的油燈。」

「禳星祈命呢？」

「蔦法醫認為諸葛亮是儒教還是道教信徒？姚巡官呢？」未得到答覆，姚巡官分不清道教和儒教，蔦法醫見多識廣，心中有答案，不肯說出來，怕被黃師公打槍。

「諸葛亮是我們道教前輩。」黃師公給了答案。

「道和儒，差在哪裡？」姚巡官腦中塞了太多困惑。

「儒家講究現世，孔子主張不語怪力亂神，道教鑽研不可知的領域，相信人道必須跟隨天道，不可自認人定勝天，凡事依自然發展的軌跡尋找人生下一步落腳處才是正道。」

「扯遠了，老道，我們談的是諸葛亮，北斗七星那套。」

「禳的意思是祈求上蒼讓我們躲開災難，諸葛亮學會道家一種法術，以七星禳星法延長壽命。」

「更詳細一點。」

「大自然裡萬物皆有定數，春天下種，夏天除蟲，秋天收割，冬天靠庫房內的存糧度過寒冬。諸葛亮身體不好，眼看撐不下去，他用了禳星術，就是讓上天誤以為他不是生病的諸葛亮，仍是健康的諸葛亮，死亡就略過他了。」

「和北斗七星啥個關係？」

「古人的信仰，北斗七星代表大命，祈禳北斗七星，和基督教求上帝保庇一樣。另外，外界可能不太清楚，北斗其實不只七星，有些古人稱它為北斗九星，不過七顆星太亮，其他兩顆光芒被壓掉，被大家忽略了，這是禳星術的由來。」

「明白。」昺法醫兩掌互擊，「詐騙，用你們的法術騙過死神，魔術裡的障眼法，拿塊和背景顏色一樣的布蓋住身體，觀眾看不見，像第八和第九顆星。」

「你高興怎麼解釋，由你。」

「師公，你是全世界第一個認定諸葛亮是魔術家的先知。唬誰呀。」

「我可以講下去嗎？」

「沒人攔你，倒是諸葛亮的忌日快到了，他農曆八月過世的。」

司馬懿對天文也有研究，某個晚上發現將星離開原來位置，認定諸葛亮重病將死，把握機會派大將夏侯霸領兵偷襲蜀軍大營。

當時諸葛亮已祈禳六天，差一天即可成功，主燈一天比一天亮，心裡正高興，忽然營外傳來吶喊聲，大將魏延慌張地衝進中軍帳報告魏軍劫寨，他的腳步急促，帶起一股風塵，好不容易明亮的主燈當場熄滅。

姜維大怒，拔劍要殺魯莽的魏延，諸葛亮制止，語氣平淡地說，果然生死有命，我的祈求終究得不到老天同意啊。

不久，諸葛亮病逝於軍中。

「禳星術沒用，好吧，人定不勝天。老道，鄭家祖墳大門上的符籙畫北斗七星也是祈求老天保佑，避難躲災？」

黃師公嘆出一口很長的氣，他的年紀而言，肺活量真大。

「昺法醫說對了，禳星術確是一種障眼法，鄭家過去不知得罪哪方神聖，家族遭到詛咒，求高人賜符，不是一般貼在門楣上的符，鑲在墳頭，永世躲開厄運。」

「你說馬賽克貼的元始天尊符？」昺法醫這次認真看ＨＴＣ螢幕上的照片，「不管你說的惡鬼、詛咒，貼了這個他們就不敢進墳墓？」

「另一種解釋，」黃師公舔舔嘴脣，「無論神鬼，找不到鄭家祖墳，罩上你說的魔術師那塊布，明明在那裡卻看不到。小傑雖是鄭家的後代，找到，一樣進不去。」

「怎麼辦？」

「張天師的五雷正心符，雲開見日。」

——＊＊——

到了孔明廟，見他們的是黃師公朋友，大家稱司馬居士的老先生，不理會小傑的自我介紹，不聽羅曼的唬爛語，一個勁兒著羅蕾轉。

「小朋友，幾歲？」

「要你管。」

「哪裡來？」

「台南來。」張寶琳替羅蕾回答。

「不對。哪裡來？」

「怎樣？喂，老人家，做人要有禮貌，你嘛卡差不多。」羅曼抖著腳說。

「幾歲？」

「她六歲，阿伯，我是黃師公介紹來的，鄭傑生。」

「六歲？」

「要你管。」

孔明廟氣勢宏偉，正殿中央立著劉關張三顧茅廬的雕像，經人指引，他們繞過長廊到廟後，那裡有塊周圍堆了花盆和雜物的空地，穿道袍、布鞋，手捧一碗白飯繞圈快走的老人邊繞邊喃喃自語，飯上插了一炷香，灰白長髮盤於頭頂，插了根木筷子。見到小傑他們才停下，不過眼中似乎只有羅蕾。

一反常態，羅蕾變得緊張，一直躲在其他三人身後。

「黃道友對我說過有群小朋友找我解惑，說。」

「我。」小傑往前一步，「我爸爸死得古怪。」

聽完小傑描述鄭鵬飛死時的屍體位置，司馬居士捧起白米堆成丘狀的碗在有限的空間內繼續繞圈子，嘴中唸著聽不出什麼的經文。

第一圈的步子慢，散步速度，第二圈起走得快，第三圈近乎小跑步。

十多分鐘，他剎住步子，

「你爸，鄭鵬飛，向誰學會禳星術？不是黃道友，他不會。」

「不知，我爸很多事我最近才曉得。」

司馬居士抽下頭上的筷子，灰白長髮垂下，筷尖往地面畫出圖，

「你爸躺成大字形，頭頂一盞蠟燭臺，兩手前各一支蠟燭，火滅了，蠟燭倒了。少了腰兩側和兩腳下的蠟燭。你爸沒用本命燈，用自己，躺七盞燈中間，表示面臨突發危機。人居中，七支蠟燭環繞，一圈迷霧包住，神鬼見不到他，我們道家稱作諸葛武侯七星禳星法，少了四支蠟燭，法術不成功。」

捧起飯碗他又繞起圈子，這次時間短速度快，可是臉不紅氣不喘，

「大難臨頭，用了禳星法。不解，既然你爸使用禳星法，為何只點三支蠟燭，你家平常不準備蠟燭？」

小傑接下老道手中的碗，

「我家的蠟燭放地下室。」

「你爸，突然遇到災難，以前學過這套法術，急著擺妥七星陣，可惜，太大意，沒躲過。」

他看向小傑，

「你想知道什麼？」

「我爸被人害死的嗎？」

「是。」

「誰害死我爸？」

「不知。」

「怎麼找到凶手？」

老道向大家招手，

「進來，燒香行禮。」

拜劉關張桃園三結義的寺廟多，供奉關公的無論佛教寺院、道教宮廟，台灣無處不在，唯獨祭祀諸葛亮的寥寥可數，其中以魚池鄉這處最古老，建於一九二四年。小傑領頭帶其他人至各神像前上香祝禱，張寶琳拉了他衣角，羅蕾不見了。

不是不見，司馬居士和她在殿外說話，羅曼怒了，

「老頭想對我家羅蕾怎樣。」

張寶琳也拉羅曼衣角，應該說她差點把羅曼T恤拉破，

「羅蕾表情怪怪的。」

從未看過羅蕾如此專注，如果忘記她的年齡和體型，臉上浮現的絕對是成熟女人的表情，時不時皺緊眉頭，偶爾拂去垂落至臉龐的頭髮。特別是眼神，看老道的兩眼

既不閃躲也不眨。

「羅蕾怎麼了？」小傑站到羅曼前面。

「想騙我們家羅蕾，侵門踏戶到我們羅家，不能怪我無情。」

羅曼沒出手，羅蕾甩辮子跑向張寶琳，

「阿伯不是張天師。」

「廢話，老灰仔姓司馬，不姓張。」

「怪。」小傑輕聲說，「這裡是諸葛亮廟，而他姓司馬懿的司馬。」

羅曼向前橫出半步，擋在張寶琳與羅蕾前面，

「司馬懿害死諸葛亮，江湖恩怨兩千年，我來對付他。」

司馬居士捧著飯碗過來，

「這位小妹妹是？」

「我妹。我是台北千歲宮黃師公徒弟 Lo～man。」

「她怎樣？」張寶琳抱起羅蕾。

司馬居士朝天高舉飯碗，

「奇呀，小小身體裡裝兩個人。」

「兩個人？」

「又可以說裝的是同一個人，不同時空、分成兩類的一個人。」

「不懂。」張寶琳回得快。

「妳不懂，我這把年紀，練氣幾十年，竟然也不懂。」

老人家擱下飯碗，裡面的米經過長時間的高溫日晒尚未生米煮成熟飯。

「黃道友說你們找張天師？」

「對，我小時候見過他。」

「緣分哪緣分。」司馬居士掀開一旁瓦斯爐上的大鍋子，「麵線，素的，肚子餓的自己盛，你們吃，我說。」

從第一代張天師的張道陵起，天師由兒子——只能兒子繼承。唐玄宗時封神，到第六十三代張恩溥，一九四九年應蔣介石之邀隨軍來到台灣，一九六九年仙化於台北，前後一千兩百年張天師的傳承至此中斷。

天師道以符籙見長，近百年來威力強大的天師符都出自張恩溥親筆。

張恩溥死後，第六十四代的張源先是軍人，因張恩溥沒有子嗣，由堂姪的張源先繼承張天師稱號。不幸張源先於二〇〇八年病逝在南投，從此張天師失去合法繼承人。近年兩岸均有人自稱是第六十五代張天師，皆有爭議。

關於張天師的符籙，明朝刊印的《三教源流搜神大全》記載，張天師以符籙與鬼神溝通。如今傳說張天師符鎮鬼，其實鬼見到他的符自然退開，實在不聽勸的惡鬼，才以五雷正心符迫其臣服。

「黃道友認為張天師符可以化解元始天尊符，讓小傑進祖墳，倒也不無可能。不過真正具威力的天師符，近一百多年只有第六十三代張恩溥畫的，你們上哪兒去找呢？張恩溥死於台北，南投的這位第六十四代張源先是他姪子，也死了十多年。」

大家吃麵線，司馬居士捧著插了新香的飯碗又開始繞圈子。

無論繞圈令他頭腦清晰想出答案，或捧米敬神而得到神明啟示，誰也不便開口問。幸好這次沒繞多久，他講起手機，不久臉上散出光芒，

「台灣天師廟多，張恩溥來台後四處拜訪，每間廟求他賜保境安民的符，不過這種符和五雷正心符不同，除非哪裡發生過重大災難，張恩溥為鎮妖驅鬼，特賜此符。想到了，宜蘭壯圍幾十年前鬧過事，一九六幾年，我們教內叫那是眾鬼喧嘩事件，張恩溥去了一趟，作一夜法，最後畫下五雷正心符，從此鄉里安靜。那道符，在壯圍。」

他舉著手機，

「壯圍回話，在他們那兒，你們誰去？」

「當然我，我爸的事。」

「也是我的事。」羅曼拍胸膛，眼角瞄向張寶琳。

司馬居士又看他手機，

「黃道友五百里加急傳來訊息，小傑去，羅曼和羅蕾在我這兒，我替羅蕾作靜心祛邪法，她身體裡太多東西。」

沒提張寶琳，不過張寶琳並不在乎，已經忙著查路線。

吃著麵線，小傑手機擺在中間，張寶琳寫路線。

從魚池到埔里接台十四線至霧社，繼續走台十四甲線進入中央山脈，到仁愛鄉折而向東北，過武嶺走中部橫貫公路一路向北，接台七甲線，過思源埡口至馬當部落進入宜蘭。

順蘭陽溪旁的台七甲線，一路到馬告。離開山區，走蘭陽平原的速度可以增快。全程兩百二十五公里，估計五個半小時。

到壯圍鼻仔尾天師廟，拿到五雷正心符，走台二線回台北，黃師公檢驗五雷正心符，確定後立刻搭高鐵南下，估計又是五個小時。

十個小時，意味小傑得連夜走台十四甲線，路況還好，顧慮的是山路曲折。

「我陪小傑去。」張寶琳收起她的筆記本站起身，完全不給其他人反對的機會。

羅曼努努嘴，他說：

「我陪小傑才對，妳陪羅蕾。」

「不行，你是哥，照顧妹。」羅蕾反對。
司馬居士改捧麵線碗，
「你們去拿符，我作完法，和他們兄妹到永康等你。活這麼久，沒見過元始天尊七星符，該走一趟。」
小傑看張寶琳，
「沒跟張爸張媽說，妳跟我去好嗎？」
「我已經十八歲了。」
等等，張寶琳十八歲了？
「對，十三歲生病休學一年。」
「什麼病？」羅曼急著問。
「中邪。」張寶琳口氣有如說感冒。

——＊＊——

姚巡官等了兩個小時，一再告訴自己不必急，周在福死了，沒人催他，有足夠的時間追查火燒公車案，但他依然時而起身踱步子。
下午五點三十分，龍總經理的一七三公分女祕書踩著高跟鞋進會客室，對路人甲不帶感情地說：

「姚警官，我們總經理有請。」

以前和小龍不熟，記得很帥，愛梳油頭，活潑好動，在警界人緣極佳。七年而已，澈底變了樣子，平頭，黑框眼鏡，合身西裝，皮膚白裡透紅，可能吃了不少珍珠粉，嗅不出警察味道，多了口腔清新藥水味。

「坐，姚重誼，我記得你，還在派出所當巡官？替以前很多同事問一個老問題，你用什麼辦法娶到那位大家哈死的漂亮老婆？」

姚重誼笑了，笑得卸下渾身武裝。

「老倪來過電話，你問周在福案，他昨天被打掉了？」

「服刑完畢。」

小龍摸著已冒出鬍碴的下巴，

「好久沒聽到這句話，警察死了該怎麼說，你記得？」

「報告長官，解除勤務。」

小龍四十六歲，頭髮夾著銀光，歲月來不及拭去子彈劃過額頭留下的細長痕跡，他以此自傲。姚重誼同樣有過戰功，幾次追毒販遭圍攻，胸口和背部打得青腫，不幸穿了制服誰也看不到。

忘記誰說的，人各有命，切勿強求。

「老倪是我師父。你翻七年前的舊案，萬一翻案成功，我退休多年無所謂，他是當年專案負責人，恐怕折損英名。你來之前我問了幾位朋友，下個月，最快這兩個星期，他調升台中市警察局長，聽懂我的話？」

「懂。」

「老倪不在乎升官，媽的說謊，他的年紀升六都局長這是最後機會，升不成調閒差等退休，怎麼可能不在乎。答應我，即使證據齊全，交給老倪，由他推翻自己當年的案子，別讓他掛不住面子。」

「是，倪大隊長人好，翻舊案得到他支持，再說我巡官到底，最大志向是派出所副所長，搶功沒意義。」

小龍斜眼把姚重誼瞄得幾乎掉色，

「我能提供什麼？」

「直接證據。」

「說說看。」

若羅敏雄不願出面作證，剩下來能為周在福翻案的證據，只有周在祿被勒死的那條關鍵繩子。

「一，周在祿自殺；二，周在福殺了他；三，凶手另有其人。龍總怎麼看？」

「證據確鑿，周在福被判處死刑。」

「周在福否認殺周在祿。」

「我從頭說起。管區通知市刑大，我到周在祿家的現場，周在祿吊死在他家陽臺和客廳間的氣窗。」小龍閉起眼回憶，「他家是舊公寓，沒有電梯，走樓梯到二樓，推門進去是走廊，右邊陽臺，裝了鐵窗，左邊鋁門窗，門開著，周在祿吊在那裡，腳碰到地板。鑑識中心和法醫鑑定，脖子以外無其他致命外傷，屍體吊了十幾個小時，繩子拉久鬆了，他的脊椎也鬆了。」

「你直覺認定他殺？」

「一開始以為自殺，因為兩手沒被綁、沒外傷。他家唯一能上吊的地方只鋁門上面的氣窗鋁框。一般自殺多留下遺書，我們沒找到，繩子上驗出他指紋，檢察官同意我們的看法，他無子無女，父母不在，和兄弟相處不融洽，寫遺書沒意義。

「他的自殺等於承認是他害死妻子朱翠霞。周在祿沒想到事情鬧這麼大，死了司機和其他七名乘客，嚇到，內疚又不敢面對司法，一死了之。」

「為什麼改為認定他被人謀殺？」

「身上找到抓痕和與人鬥毆留下的瘀青，說明他死前和人發生扭打。」

「周在祿指甲內驗出其他人的皮膚嗎？」

「沒。」

「為什麼判定凶手是周在福？」

「綜合證人的證詞和現場證物，你看了筆錄和結案報告吧，我承辦的最後一宗刑事案件，記憶深刻。

「周在福於公車火燒案後到周在祿家，見周在祿在家，猛然醒悟公車上的司機另有其人。周在祿早懷疑周在福和朱翠霞通姦，兩人見面大吵，周在祿言詞中表達他懷疑破壞公車的是周在福，引起周在福的殺機，兄弟打成一團，周在福失手用繩子勒死周在祿，現場家具略顯凌亂，大概他殺人後心慌，又急著處理屍體，未恢復原狀。勒死人想混淆警方調查方向，還有什麼比再吊屍體一次的好方法。」

「同一截繩子。」

「對，繩子是直接證據，上面也驗出周在福指紋。」

「我找到周在福當天的不在場證明。」

「恭喜，你也老刑警，不在場證明可以偽造，凶器、指紋，直接證據不能偽造。」

「他的脖子兩道勒痕。」

「專案小組爭論過，鑑識中心提出報告，他家大門內鎖，案發後我們找不到人，請里長通知他朱翠霞死亡的消息，那時沒想到周在祿涉案。敲不開門，鄰居指證他回來了，應該在家裡。管區回報，我帶隊去，敲不開門，我聞到屍臭味，撞開他家大門。

姚重誼，我說了你就明白我為什麼直覺他不是自殺。」
姚巡官點頭。
「大門鎖分兩種，出門帶上即自動鎖上、出門得用鑰匙才能鎖上，舊公寓多是第二種，他家一樣，如果他的上吊是謀殺後加工，製造假象，凶手得有鑰匙，離去時從外面鎖上門。我們找到鑰匙，掛在周在祿腰帶，從朱翠霞遺物也找到她的。不排除家中另有一支鑰匙的可能，問過周圍的鎖匠，他和朱翠霞從沒去過。你多配一把鑰匙不會跑到十公里外找鎖匠吧。還有，你為什麼需要一把備份鑰匙？」
「外籍看護，常去他家的親人。」
「對，這是周在福涉嫌的另一理由，我們沒從周在祿家找到第三把鑰匙，搜索過周在祿家附近水溝，也沒找到。周在祿只有兩名兄弟，住附近的大哥周在福和遠在屏東的小弟周在壽。」
「你說了兩件事，周在壽住屏東，周在祿給他鑰匙沒用處，唯一可能是周在福。犯案後周在福可能隨手扔掉鑰匙，免得變成證據，你們沒找到。」
「找到，周在祿家的鑰匙掛在周在福修車場釘牆上的鑰匙盒裡。姚重誼，你看筆錄和證物不夠專心。」
姚重誼傻笑。
「周在福怎麼說。」

「三兄弟的母親早死，父親後來多病，周在祿一直與父母住一起，第一次離婚後，父親身體不好，周在祿一個人忙不過來，請不起看護，周在福有時過去看爸爸，他．有．鑰．匙。」

「吊死周在祿的是登山繩，經查，繩子來自周在福修車場，他買了一捆，說不清用途。有些男人從不登山、露營，偏偏愛逛登山用品店，買這買那。」小龍比了繩子的長度，沒說是吊死了那截，還是留在修車場的。「他員工表示買了很久，綑東西時用，但用的機會不多。」

姚重誼買過三種不同的露營用爐子，一個小的圓形炭爐，想中秋節可以用來烤肉；可折收式高山用爐頭，純粹愛它簡潔與漂亮的外型；防風爐頭，中間瓦斯口，周圍一圈三公分高的擋風鐵片，買的原因是他在網上看到，不到一千元吧，買了。老婆囉嗦半天，最終妥協：

你們男人不找玩具，活不下去是吧。

沒買過登山繩。

「他剪一截登山繩綑舊衣服送去給朱翠霞，案發一年多前，因而繩上有他的指紋。朱翠霞指紋，周在祿指紋，解釋得通，差別在於這是刑事案件，登山繩是致周在祿死亡的直接證據。基於周在福有周在祿家鑰匙，加上登山繩來自他修車場，有他的指紋，還需要其他解釋嗎？」

「他供稱的剪一段登山繩綑衣服送給朱翠霞……沒有證據。好吧，唯一證人朱翠霞死了，無法證實。」

姚重誼看看筆記本，

「周在祿脖子上兩道勒痕。」

「我無權解釋，看過鑑識中心的報告？」

「看過，屍體掙扎，繩子移動產生兩道勒痕。想不通的是兩道勒痕顏色不同，窄的那道血紅，粗的泛白，顯示死了一陣子才上吊，血液不流通了。」

「你得問鑑識中心，我沒答案。這不更證明周在祿他殺，周在福嫌疑更重。」

「你最早進現場，發現其他繩子嗎？」

小龍招呼祕書送茶來。

「警察當太久，我還是愛茶勝過咖啡，如今過了五點不喝茶不喝咖啡，茶鹼和咖啡因妨礙睡眠，今天例外，你害的。」

他們趁著等茶又鑽進周在祿命案。

「我們研判，周家兄弟打架，周在福用繩子勒死周在祿，再用同一條繩子吊周在祿屍體。周在福身材精壯，周在祿胖又虛。解決了你兩道勒痕的問題嗎？」

「周在福對我說那天他和朋友在一起，根本沒去找周在祿。」

「繞回你的主張，姚重誼，不提證人證物，除了周在福，誰想殺周在祿？他公車司機，家裡不可能藏了幾百萬惹盜匪上門；死在妻子朱翠霞死亡後，朱翠霞不可能殺他。剩下朱翠霞的情夫，我們回到他哥周在福。」

「朱翠霞同事范宥明呢？」

「查過，老好人，負責醫院的藥局幾十年，朱翠霞毛病多，常找他問這問那。案發後接受我們偵訊，他帶便當上班，妻子也在藥局工作，沒有嫌疑。」

「不是朱翠霞的情人，那，只剩下周在福。」

「我們和你看法一致。」

姚重誼沒喝茶，小龍說的對，一切證據指向周在福。

沒回家，他坐進蜜蜂咖啡館，點了 hayashi rice，老闆娘問大隊長不來？他回以苦笑。

小店生意不好，天氣熱，冷氣太舊，還有，客人太老，吃不多。

老倪推門進來，見到姚重誼並不驚訝。

「我，老樣子。」對笑容燦爛的老闆娘說。

他重重坐在姚重誼對面。

「小龍和我通過話，他該說的說了，你不接受依然不接受。忘記一切，我們從頭思考，不是火燒公車案，是你為什麼翻舊案。」

有些人帶賽，每次棒球國際大賽，明明迫切想看轉播，故意忙其他事地不看，因為每次他看，中華隊就輸，他，帶賽。老倪恰好相反，他有股磁力，例如他進店坐下不到五分鐘，進來五名客人。也許老闆娘感覺到，老倪是福星，藏了酒隨時招待他。

老闆娘忙，老倪走到吧檯後自己煮起虹吸罐。

「鳥之將死，其鳴也哀；人之將死，其言也善。誰說的，孔子？孟子？」

「曾子。」老闆娘送水送餐具經過。

「嘿嘿，老闆娘書讀得比我們好。小姚，你以前唸過曾子的文章？我即使讀過也忘了，啊，想到，孝子曾參，他一度是殺人嫌犯，有人對他媽說曾參殺人，曾媽媽不理會，不過又有人來對她說曾參殺人，曾媽媽還是不理，等第三個人也說曾參殺人，曾媽媽就翻牆跑了。這故事什麼意思？」

「謊言傳得快，多傳幾次大家就當真了。」又是老闆娘經過。

兩個男人鼓掌，女人笑微微地甩甩頭髮進廚房。

「周在福槍斃前一天對你說他不是凶手，人之將死，其言也善，不代表其言也真。」

老倪看著老闆娘肩膀搭了抹布的背影，發出彈舌的嘖嘖音。

「你，倪子說過，刑案跟證據走，如果證據有限，跟經驗走，不明白怎麼用經驗，跟感覺走。」

「你的感覺，周在福沒說謊？」

「羅敏雄證實周在福不在場。」

「你感覺羅敏雄比華盛頓砍櫻桃樹更誠實？華盛頓為什麼砍櫻桃樹？吃果子拜樹頭的道理也不懂，真是的。」

「周在福槍決前誆我？」

「今天晚上不是，鄭鵬飛幾點幾分到什麼地方和他前妻人鬼通話，如果周在福死了馬上進閻王殿送十八層地獄，鬼海茫茫，沒找鄭鵬飛的時間，他才該認為你誆他。」

姚重誼差點忘了，該去鄭記當鋪等消息。

老倪端兩杯咖啡回來，上面冒著熱氣。

「鄭鵬飛的鬼魂沒出現，誤會一場，白讓他前妻忙一場，當作周在福不守信用，沒找鄭鵬飛。小姚，你最近和師公、小傑混太久，中毒嘍。出發點錯誤，後面不管多努力，窮忙。」他尖著嘴啜了口咖啡，「你對，咖啡太燙就苦了。」

「既然答應他，至少忙到今天半夜吧。」

「聽來不甘心。」

他們各看各的，老倪背對廚房，喝咖啡同時看窗前兩張桌子的客人，姚重誼面對廚房，看掛門上的布幔起落、開闔。

「這個案子，」老倪兩手交叉胸前，背朝後仰，「經過反省，你和小龍都犯錯，我沒早想通，更大錯特錯。」

「錯在哪裡？」

「忘記刑警的客觀立場。小龍，因為火燒車第二天得到鄰居證詞，周在祿和周在福常吵架，朱翠霞外遇，他主觀認定凶手是周在福，從直接證據的繩子找到周在福指紋，加強他的信心，之後的偵辦集中在怎麼讓周在福認罪。你，相信感覺，認定死刑犯行刑前其言也善，一心替周在福翻案。你們兩個，掉進牛角尖。」

「你的意思是？」

「跳出來，客觀分析案情。七年前我被小龍說服，七年後差點被你說服，一個小時前想通，我必須客觀。」

「客觀？」

「殺人的動機。」

「動機？」

「忘掉周在福和你交換的條件，忘掉小龍寫得落落長的破案報告，從人性出發。動機。」

停止討論，老闆娘送餐來，聞到牛肉香氣，看到她的笑容，對老倪的，剩餘一些順便賞給姚重誼。

「你老婆外遇，假設，你殺誰？」老倪剔著牙，動作誇張，歪嘴發出嘶嘶聲。

想到幾起經手過的外遇事件，無一例外，丈夫搞小三，正宮找徵信社蒐集證據來派出所控告小三。

無一例外，正宮不告老公。

「我殺她外遇對象。」

「說得好，誰敢搞我老婆，老子剁死他。」嘶嘶兩聲。

「朱翠霞外遇，周在祿反而殺她，費盡心思地殺，下她藥，破壞公車，請假由代班的司機開那班車，為什麼不乾脆拿把刀到修車場砍了他大哥？」

「你同意凶手不是周在福？」

「看，又掉進自己挖的坑。拜託，小姚，跳出來瞅瞅蔚藍的天空、市場賣的青綠芭樂，你他媽的，不然特許你看性感的老闆娘。」

老闆娘過來收拾餐盤，

「今天的，可以嗎？」

老倪拍他肚皮，

「一如過去的每一天，好吃。」

「酒在櫃子裡。」

「謝謝。」

「這位長官呢？」

「不用叫他長官，他叫鑽牛角尖，已經結婚，有孩子，老婆脾氣大。」

老闆娘抿著嘴笑。

笑老倪說的笑話，笑姚重誼的尷尬。

很好，姚重誼臉上不得不拉出笑容，心裡卻想，老倪斷了他邪念，老婆不會到派出所告蜜蜂咖啡館老闆娘了。

「我們仍然不能確定周在福是不是凶手，假如羅敏雄沒說謊，周在福殺他弟弟的動機薄弱，更別說殺朱翠霞了。」

周在福不是凶手。

「從動機出發，你該思考的是真凶是誰，誰更急著殺朱翠霞和周在祿。找到真凶，你替周在福翻案自然成功。」

誰非殺朱翠霞和周在祿不可？

「動機。」

「冬至？大隊長想吃湯圓？」老闆娘經過聽到。

動機坐在對面咬著牙籤呵呵笑，他壞了其他中年男子好不容易培養出的性幻想，該吃湯圓噎著送醫院急救，老婆趕到醫院，見病床旁站著性感的咖啡館老闆娘。

「他不適合吃湯圓，」姚巡官說，「年紀大，萬一噎到，難急救。」

第五章

丐幫伙食最好

對付鬼打牆的方法

美國科學家勞勃．蘭薩主張人的肉體固然會死，分解回大自然，可是人的意識不會死。他的研究提供新的思考方向：

人死了，所有物質元素的運作停頓，仍有超越肉體的量子訊息傳出，由此判斷人的意識並未停止，也就是靈魂的確存在。

如果以上理論成立，人類何時可以和靈魂對話？甚至，科學家幾十年來尋找的究竟是外星人，還是飄泊於宇宙的人類靈魂？

——＊＊——

他們必須以最快速度趕去壯圍取得張天師的五雷正心符，鄭鵬飛的魂魄正一分一秒消散之中。小傑曾好奇地問黃師公，消散完了怎麼辦？黃師公沒正面回答，畢竟他也沒死過，他只淡淡地、不經意地對姚巡官說，在夢中看過幻象，一團原本緊實的霧，接近白的灰色，像軍人穿的數位迷彩軍服，層次不同，大小不同，緩慢向四周擴散，不久，剩下幾小團鬆的、吹口氣即消失的棉絮、塵絮。

死去的人以神明、鬼魂的形式持續地存在於人類的宗教領域。

「那麼想替你爸報仇？」

「想知道他怎麼死的，想讓他安心。」

機車駛過埔里不久即進入往仁愛鄉的山區，張寶琳油門催到底，上半身向前傾，風刮起不時打在他們安全帽的樹葉。今天的風不比尋常，不分青紅皂白朝騎士攻擊。聽不清前座傳回的聲音，小傑不能不彎腰貼緊張寶琳的背。

「想念你爸？」

我在悲憤期，小傑想到羅曼的話。

「嗯。想念每天和他一起在當鋪吃便當。」

「吃便當喔？」

「以前他買，我媽走了，他買一天我買一天，等我進高中全由我買，如果有事趕不回去才他買。」

阿爸站在櫃檯內看店門推開，回來嘍，我去燒水泡茶。小傑停在門口，偉士牌排氣管嘟嘟出聲，室內明明沒風，等著主人贖回的西裝飄起下襬，小虎攀在牆壁，鄭記當鋪安詳得有如關門後的故宮博物院。小傑隨爸去過一次，鑑定某件古物，大人在辦公室內講話，他站在樓梯前，周圍的燈光轉暗，幾千年前的青銅器，幾百年前的古畫，一切安靜下來，聞得出帶著上千年風塵的感情，似乎有什麼事即將發生，但得花很大耐心站在那裡等待。

「羅曼對我說讓你找祖墳、找符籙也好，忙，容易忘記悲傷。」

羅曼這麼說？

阿爸不在以後，當鋪變得空洞，從大門走到櫃檯明明十一步，回音卻五十一步那樣的空洞。

應該國三那年暑假便覺得當鋪和其他地方不同，被接受的感覺。巷口便利店打工的蔡媽媽出來清理飲料空罐，她會對小傑說，陪你爸吃飯？又是雞腿。坐在門口破藤椅的阿嬸嬤打著瞌睡，被小傑腳步驚醒般用含糊不清的聲音罵，又去哪裡玩，你爸等你便當好久了。

站在永康的祖墳前，是的，那時他第一個感覺是被接受，耳邊是風聲還是嘆息聲，馬上平靜得無聲無息，阿爸說你下課啦那樣，當鋪靜得小虎貼緊牆動也不動，直到水燒開響出嗶嗶聲，茶泡好了，快點過來吃晚餐。

是他祖先的祖墳，可是為什麼他打不開門？

「羅曼很夠朋友。」

小傑的頭往前伸，對著張寶琳安全帽包住的耳朵說：

「妳騙我，不然妳改了他的話，他會說，小傑愛裝可憐，假裝不流眼淚，更可憐，影劇科的，他進入呆滯期啦。」

張寶琳笑得一直抖。

「張同學，我覺得騎慢一點好了，雖然急，沒那麼急，說不定前面有麥當勞，騎太快一下子錯過了。」

機車減慢速度，不是因為麥當勞，張寶琳笑得太厲害，龍頭不穩了。

「拿到張天師符，然後咧？」

「不曉得，羅曼是黃師公徒弟，師公的二軍，他應該知道怎麼辦。」

「芝麻開門，還是《魔戒》第二集裡面甘道夫打開摩瑞亞礦坑的岩石大門那樣。」

「芝麻開門比較健康，《魔戒》太驚悚，我們的甘道夫羅曼說不定挺不住。」

張寶琳又笑個不停。

「我們從台南到永康，到南投，只吃兩碗麵線。」

「妳吃兩碗？我怕司馬阿伯的晚餐被我們吃光，吃一碗而已。」

「吃掉司馬阿伯的晚餐喔，沒想到，對不起阿伯，他有一碗米，可以煮飯。」

小傑想念打開蒸飯煲冒出的澱粉香。

「三個選擇，三角飯糰、菠蘿麵包、茶葉蛋。」

「哪裡來的？」

「背包裡，聽羅曼帶羅蕾來，我趕快去便利店進貨，妳沒看過他妹吃飯，里長伯形容菜龍菜虎，羅曼說驚死丐幫。」

「為什麼丐幫？」

「八大門派的少林、武當、峨嵋、華山吃素，崆峒、崑崙和點蒼住山上，吃飯前得打獵挖野菜，丐幫吃得最好，他們有叫化雞，溼的泥土包住雞放進坑洞裡烤，七大門派賭爛丐幫，怕他們的弟子看到叫化雞集體還俗。」

「亂講。你們研究八大門派幹麼？」

「不是我，他研究。別小看羅曼，說不定將來當哲學家，他認為每個人要有專長，長大專長變成專業。」

「他將來的專業是八大門派？你呢？」

「到目前為止，說不定我的專業是骨董鑑定。」

「聽起來超酷，你見過最老的骨董是什麼？」

腦中閃過許多畫面，停在鄭記當鋪的祖師爺神像。

「我家當鋪的祖師爺，外表被香燻黑看來不值錢，有天羅曼偷偷用口水抹神像的一角，裡面木頭發亮，看得見細細的木紋。」

「下次帶我看祖師爺。」

能讓張寶琳進地下室嗎？她搞不好被嚇死。

「有一尊佛像寄放黃師公千歲宮神壇，妳看了保證吐舌頭。打開面罩。」

他撕下一塊麵包塞到張寶琳嘴前，溫熱的嘴唇刷過他手指。

「如果前面有餐廳，我們停下來吃，不然天黑店打烊就慘了。」

接近露營區山路變得曲折，路面碎石多，不能不減速慢行。

「換我騎。」

他們在一個彎道換手，小傑專注前面山路，可是很難專注，一兩分鐘一個彎，隨著離心力張寶琳貼得緊，兩手快抱到他胸部。

被女生抱沒關係，抱到肋骨就毀了，因此，羅曼說尼采說過，力量增大的感覺就是幸福，為了幸福，為了男性尊嚴，他得增大力量吸氣挺胸，擠出胸肌。

這樣有礙呼吸。

他不停地往前挪，眼看快要掉進置物踏板。

羅曼說男生和女生，起先是尷尬期，很多笨蛋男生死在這一時期。過了尷尬期，進入講話期，為了不尷尬得一直說話，說到嘴唇裂開，甚至說得肚內一趴火。說太多話，說到無話可說，自然進入告白期，以為這樣可以不必再說了。

告白期之後，羅曼沒說，可能他沒經驗，沒辦法分類。

尷尬，小傑不習慣和女生說話，他根本話很少，換成羅曼，光諸葛亮和豬哥亮的差別至少屁三小時。

看到前面燈光，說不定是便利店，網路上分析，台灣到處便利店，即使深山、沒人住的鄉下，也有萊爾富和OK超商。

至少原住民部落有小雜貨店。小傑吃了半個麵包而已，覺得不是風吹得車子發抖，是他的手抖腳抖。

燈光的距離大約騎三分鐘一定可以到，小傑加速，手機上的地圖顯示他們已在仁愛鄉，一大段W形的山路，騎上去轉快九十度的彎，騎下來再轉快九十度的彎，怪的是燈光依然在前面。

說不定山區好幾家店，他已經轉了十七個彎，地圖上他仍停留在第三個彎的中央，難道這裡收不到訊號，他的位置不動了。

「小傑，我們走過這裡，看到路邊漆黃色的石頭沒，我記得。」

「路邊石頭攏碼漆黃的，警告色，怕騎車的掉下去。」

「不對，我記得石頭的形狀，哪有長得一模一樣的石頭。」

「我們繞回到走過的路？明明只有一條路。」

「問師公，是不是鬼打牆。」

於是他們不能不停在又一次見面的黃色岩石前，不規則的圓石，教室課桌那麼大，又不夠大到居民替它蓋屋頂，天天來上香拜，替它掛「石頭公」的匾額。

「沒有訊號。」張寶琳舉著手機，一下子向左一下子向右。

燈光照樣在不遠處，下一個或下兩個轉彎處。

霧很重，天黑了。

手機時間停在 17：15。沒有訊號，連其他功能也故障？

「妳怎麼確定鬼打牆？」

「以前中過邪，變得敏感。」

「我們怎麼辦？」

「你是處男，童子尿。」張寶琳說話時瞥開視線。

尷尬期令人真尷尬，尿了，成功打破鬼築的牆，表示自己是處男，沒行情的男生；尿了，依舊撞鬼牆，揭穿不是處男真相，女生會怎麼想？蛤，十七歲已經不是處男還假裝是。不敢明說，假裝尿尿，當場被鬼拆穿，揪嘸面子。

「尿尿有用？」

「聽說。」

「同學，妳聽說很多東西，不靈的話？」

「計畫Ｂ。」

「現在就用計畫Ｂ。」

「計畫Ａ成功率最高。」

「妳到旁邊去。」

張寶琳走到道路對面，背對小傑。

對準漆成黃色的石頭尿？說不定哪位神明住在石頭裡面。往樹林尿，灑在泥土不會發出聲音。樹林這麼大，尿到神明真拍謝，誰叫你剛好站我前面。師公教育他尊敬大地萬物，到處是神明，不可隨便。

尿的過程比想像中漫長，起先尿不出來，應該尿一大泡，明明騎一個多小時的車，啊，沒喝水。

耐心等候，肚子用力，小傑發出自助式噓噓聲，下意識，情不自禁。

尿出一點點，靠，未老先衰，攝護腺腫大，十七歲腫大，二十七歲穿尿布。

嘩，四十五度，發射成功。

依然尷尬，沒瞄準好，射到樹葉發出咚咚聲。

「我們出發，這次我騎。」張寶琳眼神狡詐地往小傑褲檔快速掃過，「你騎好了，一小時後換我。」

尷尬到快跳樓的地步。

「和同學去山上露營，半夜上廁所，撞到不明物昏倒。」

張寶琳兩手從小傑腰部移到肩膀，風小多了，不過山谷中浮起的霧爬進山路，路燈昏暗，後面傳出另一輛機車引擎聲。小傑神智清楚多了，後面沒機車，他的引擎回音罷了。

霧遮住路面，小傑覺得機車騎在水面，如果後面有車，看到他騎在雲層上，後輪不時甩起四處飄的霧，如同滿山找不著方向的靈魂。

「同學送我去醫院，失去記憶，差不多兩個星期，我爸媽後來說我胡言亂語，講的話他們一句也聽不懂。」

「找師公了嗎？」

「不是師公，我媽信佛，送我去她們的寺院，有個和尚對我唸了幾天經，忽然間一個全身發光的女人向我走來，我睜開眼睛，看到的世界不再灰濛濛。」

她是和尚唸經醫好的，不是師公。不關小傑的事呀，羅曼是師公徒弟，他不是，他不用尷尬。

「唸什麼經？」

「《金剛經》，消除煩惱，和尚要我背起來，你尿尿，我一直唸。」

尿尿時，她在馬路對面唸曾經驅走她身上邪物的佛經，如果不再鬼打牆，她唸經的功勞還是童子尿的功勞？

靠，張寶琳揪無情。

「計畫B。」

「什麼？」

「妳剛才說如果計畫A不行，用計畫B。」

「我們班上女生傳說的，閉眼三分鐘，打開眼，牆自然不見了。」

「這麼簡單。」

「和尚說本來簡單，相信菩薩的保庇就好，不相信的話到處找人化解，簡單的事變複雜。」

機車轉過彎道，前面果然有家雜貨店，小傑加油門，機車失去速度，說不定油快用光了。

車子在霧上面滑近小店，一間瓦房，外面掛滿出售的商品，看來沒賣麵包、泡麵。往前一點，路兩邊很多人擺攤，坐在草上，坐在柏油路面，賣紙錢的、賣香燭的，霧在人群間流動，沒人對話，沒人看他們，機車引擎停止運作，彷彿一股氣流推著他們前進。小傑悄聲說，

「閉眼唸妳的佛經。」

灰暗的人影遊蕩於道路，一個小攤子掛出豬頭、豬腿、各種內臟，小傑忘記飢餓，他們穿梭於如夢境般的世界，張寶琳唸經的每個字輕柔地彈射他脖子，幾乎看得見經文飛舞於周圍。

機車的兩個小輪子離開地面，跟著霧無聲地往前流，潺潺地流。

羅曼神情無辜地捧著一碗米站在諸葛亮神像面前，很多來求智慧的高中生圍著嘰嘰喳喳，沒看過師公作法喔。瞄啥，欠扁。

得乖乖站好，司馬居士的命令，他是黃師公的道友兼前輩，羅曼是黃師公的徒弟，司馬等於他的師伯。

捧香卡正派，捧一碗米被人當肖仔。

他前面跪著羅蕾，難得，她聽司馬的話，人家叫她跪就跪，羅曼叫她不要吵，吵得更大聲。

羅蕾面對諸葛亮跪得比那些高中生帥多了，上半身打直，兩手握香，司馬阿伯誇她天資聰穎。

司馬一掌立胸前，一手揮舞拂塵，口中唸唸有詞，拂塵不時打在羅蕾兩肩，羅曼聽指示，像起乩拿著碗在他們兩人周圍繞。大範圍繞算運動，這樣小的圓圈繞久頭昏，不久前吃的麵線在肚內翻滾，可是他得挺住，司馬阿伯動用神力趕走羅蕾身體裡面另一個靈魂。

是怎樣，把羅蕾當鞋櫃，路過的靈魂排好隊躺進去？兩個靈魂很擠，一個對另一個說拍謝，借過。另一個不肯，閃，恁伯先來。靈魂扁靈魂，打得羅蕾肚子痛，雨漸耳神符貼她胖肚皮，衝啥，給恁伯攏出來，不然撇你們進糞坑。

師父叫他聽司馬前輩的，聽，他繞圈子，靠，拂塵差點打到他頭。加快速度不會用說的，拂塵打人像打蒼蠅，那麼多人在看——

跑，不要亂想。一個聲音鑽進他耳朵。

誰罵他？司馬翻著嘴脣唸經，羅蕾閉眼跪著沒動，圍觀的人罵他？專心，跑快點。聲音又響，到底是誰。

羅曼跑得喘氣，一隻腳的腳踝等下保證扭到，哪有人這樣繞圈圈，摔倒找誰要醫藥費，司馬老頭，你來跑看看。

為什麼跑？老媽用菜葉做沙拉，裝進一個大盆子，轉中央把手，把水甩出去。分離器，他繞圈子跑也為分離，分離什麼，趕走羅蕾身體裡其他的靈魂，羅蕾跑才對，他跑是什麼意思。

再快。聲音刺耳。

奴隸，羅曼體認司馬阿伯當他是奴隸，差沒去拉石頭蓋金字塔。

那個女生幹麼，不收門票，妳白看還擺牛屎臉。靠，大家退後了，哈，羅曼兩腿變得更有力，汗水甩出去，搞不好他周圍一圈汗水，太空船的防護罩。

不是防護罩，對他說話的那個聲音喊：空。

空！羅曼不知撞到什麼，眼前一片黑地跌倒。

他想到張寶琳和小傑去壯圍，想到阿兄去外島當兵，想到阿爸對他笑，有夠衰，為什麼他得照顧不知從哪裡跑出來的妹妹。

看到紅衣服閃過保險箱櫃子的尾端，濃濃桂花味搔得他鼻孔癢到打噴嚏。一件東西砸到他的頭，啊，羅蕾的那隻繡花鞋。

躺在一間房子內，張眼看見屋頂垂下一串鑰匙——不是鑰匙，很多垂掛下來的符，黃紙畫的符。

香味，不是桂花，是——

「哥，快來吃麵疙瘩，司馬阿伯煮的，好好吃。」

羅蕾坐在一張桌子前，整張臉幾乎跌進一只大碗內，煙霧飄在她四周，拂塵落在羅曼臉孔。

「起來吃飯。」那個聲音說。

司馬居士煮的麵疙瘩不錯吃，沒有肉絲，可是很多切細的香菇。

「失敗。」捧一個大碗進來的司馬說。

另一大碗的麵疙瘩，收走羅蕾吃完的空碗。

「逼問不出她的出身。傷腦筋，和你師父商量過，大概得用非常手段。」

「哪種非常手段？」

「張天師的五雷正心符。」

「小傑去壯圍拿的？」

「把你妹打出原形。」

別開玩笑，我妹的原形是什麼，那個字喔？

「不行，我師父說我八字重，他們不敢見我，我妹身體裡面不會有——」他掙扎，他結巴，「不會有有有有鬼。」

成功，說出來了。

司馬阿伯當他空氣，顧著和羅蕾搶碗裡的麵疙瘩。

「阿姑，吃飽了我們聊聊天。」

他叫羅蕾，阿姑。

「聊聊妳的家人，妳的爸媽，霸占人家的身體終歸不能長久，我們一起想想辦法，為妳找個歸宿，或者妳希望早日解脫。人間苦難，妳畏懼未來，我幫妳，橫豎得往前走，早點出發早點抵達。」

「吃飯不要講話。」羅蕾說。

不是羅蕾的聲音，卻是從羅蕾的嘴出來。

「這樣聊天不是很好，說妳的心事，討論我煮的麵疙瘩好不好吃。」

「香菇不能代替肉絲。」

「我吃素，多擔待。」
「疙瘩煮太久，太爛。」
「年紀大，軟點我容易嚼。」
「全是你的理由。」
「吃免錢的，最好少挑嘴，講好話，下次才有得吃。」
「我先夾到這塊。」
「明明在我前面。」
「我先。」變回羅蕾的童音。
「什麼條件下妳肯離開。」司馬鬆開筷頭。
「只煮這麼一點？隔壁的太大碗。」又是歐巴桑音。
司馬阿伯連抱歉也沒說，就把羅曼的大碗捧回他面前，
「不可以吃太急，消化不良。」
「少廢話。」
「下一餐想吃什麼？」
「如果牛肉麵，說不定我心情好，多陪你說幾句。」
小傑上羅蕾身嘍，羅蕾怎麼也「說不定」起來。

**

「說不定在前面，我說麥當勞。」

小傑騎過仁愛鄉，手機有了訊號，不過未看到任何營業中的餐廳，明明清境農場這一帶該有很多民宿，卻不見燈光。

「不對勁，愈來愈黑，一點光也沒有。」

小傑降低速度，若非車燈照出前方路面，根本行駛在黑暗之中，天空沒有星辰，周圍像被黑布遮住。

「我到過這裡。」

沒得到回應，但抓著他肩膀的兩手透過T恤傳來溫度。

「張寶琳，別嚇我，妳睡著嘍。」

肩膀被捏了一把。

「你到過這裡？清境？」

「全黑的地方。」

「我嚇你還是你嚇我？」

「到過，黃師公帶我去觀落陰找我爸，那裡有時被霧罩住，有時黑得像這樣，比醬油更黑的黑，一直往前走恐怕撞到黑色的牆，不走，黑暗裡有東西推我往前，得不停地走，而且沒有聲音。妳去過沒有聲音的地方沒，不管哪裡都會有聲音對不對，和同學去花蓮海邊露營，海浪的聲音；以前我媽帶我去山上住民宿，蟬叫的聲音；我家的鄭記當鋪，隔音很好，沒有冷氣和電扇，可是聽得到空氣流動的聲音。」

「空氣有聲音？」

「現在聽到沒？」

「聽到什麼？」

「我和妳說話，比以前的短，講出去快結束就不見了。我講，張。」

「真的耶，好像張的最後一撇消失了。」

「被剪掉。」

「我也講個字，氣音長的。」她兩手捏緊小傑肩頭，吐出一口氣。

「妳吐氣對不對，吐的比別人短。」

「明明吐很長。」

她又吐出一口氣，用盡肺活量地吐，估計十幾秒。

「聽到沒？」

「很短。」

「靠北，我明明吐的是呼，變成噗。」

「妳看手機我們在哪裡。」

沒有聲音一陣子。
「螢幕的燈沒亮。」
「猜羅曼會說什麼？」
「說什麼？」
「小傑，你死了，死定了。」

「為什麼你死，他不死。」
他們騎了不知多久，平均時速大概二十公里，小傑集中精神看車燈前的路面，總覺得路隨時斷掉，他們便如一顆山頂的石頭往下墜落，落進看不到底的天坑。
「他不說我死了，說你死了，意思是我們兄弟，我死等於他死。」
「你死了，小傑。」
「摸我左邊口袋，不是後面，前面的。」
張寶琳的手伸進他左口袋。
「有一張捲起來的紙。」
「什麼東西？」
「羅曼把他的雨漸耳給我了，舉在手上。」
張寶琳摸出雨漸耳，小心打開，然後高高舉起，很遠很遠的前方響起很悶很悶的雷聲，聲音很長，轟……嗡……嗯……

車速降到十公里，他們目不轉睛看著前方，等待最後的……

隆隆隆隆……隆。

——＊＊——

重回現場，刑警基本功在走現場，如果凶手留下證據，必定在現場，無論經過七年現場變得多陌生。

原來的調度場改建為大樓，鷹架尚未拆光，工地主任不清楚當年火燒車的事，恰好地主在，一聽姚巡官提到往事，掉頭躲回汽車落跑。

當然怕，不怕死人怕活人，因為活人聽到這裡死過人，房價就跌了。

大樓蓋得如同其他大樓，不過大部分大樓將公設擺在前後，這棟卻設計在左側，明明庭院鋪了水泥，一輛小山貓鑿開水泥，看來為了種樹造景。

角落放了個燒金桶，桶旁地面的香爐插滿香腳，香爐後面的鐵皮圍欄掛了面鏡子。

八卦鏡，姚巡官見過，鏡面凸的，為了擋開煞氣。

主任無可不可地說明凡工地都拜神明，他們拜地基主。

聽懂，地基主就是亡靈。

「也拜五營將軍。」主任補充。

矛盾，既拜鬼，還拜抓鬼的五營將軍。

「守夜工人夜晚見到不尋常現象。」主任指監視器鏡頭。尚未完工的大樓四周居然安裝了八個，為了心安。

「哪個工人？能見面聊聊嗎？」

「走了，開工三個月後工錢沒結算就走了。」

「其他工人呢？」

「前後走了七個，後來請師公看風水，拜地基主，請來八卦鏡，如今平靜多了，否則樓蓋不下去。」主任神色不安問姚巡官，「你調查什麼案子，千萬不要說出去。」

不得不安慰主任，警察追查的是人間刑案，無涉神鬼。

死亡八人，除去朱翠霞與司機，他得調查六名枉死的乘客。當年小龍忽略了，如果破壞公車的凶手殺的目標不是朱翠霞呢？

多年前發生過類似案件，新北一位黑道大哥被殺，警方朝仇家的方向偵辦，打破頭也沒想到殺手殺錯人。

金主指示他，殺憨呆，他拿著槍躲在南港市場黑巷子十四個小時，一槍打死不是憨呆的大呆，雖然都有個呆。

並非警方逮到殺手，他自己向警局投案，警方追捕的壓力沒黑道風聲鶴唳可怕，被警察抓了進牢房吃六十元的便當，黑道抓到捶出膽汁。逃亡三天三夜想通，特別到台北市警局往執勤臺放下槍，我黑狗，大呆我殺的，讓．你．們．抓．卡．安．全。

和老倪講了幾分鐘電話，姚巡官於十點四十三分趕抵鄭記當鋪，看一眼映牆壁長形影子的圓框鄭，忍不住說了幾句：

「圓框鄭，我姚巡官，你不用回應，我自說自話。」

門口長板凳上的黃師公插嘴：

「不會回應你，人家等他弟弟。小傑他們連夜趕路去壯圍。」

姚巡官看著圓框鄭，

「小傑叫你哥對麼，今天晚上當鋪忙，你顧好周圍動靜，見到可疑的通知我。」

圓框鄭動也不動，他不想被警察認為可疑。

「坐。」

姚巡官坐下聽手機，

「倪大隊長打來的。」

火燒公車案六名無辜死者的直系親屬多不願回應，有的無法回應。顧姓老先生七年前一早去榮總回診拿藥，糖尿病，搭上那班公車不幸遇難。三年後妻子過世，由妻子的妹妹出面辦理後事。他們在美國的獨子回來磕了頭，賣掉房子帶所有的遺產回美國，從此未掃過墓。

當地里長回的消息，年輕女里長爆出火氣對新北市刑大的刑警說：

「他們的兒子嫌阿姨辦喪事花太多錢，氣得阿姨沒出席追悼會。」

高二的王姓女生搭車上學，她是家中老二，老大也是女生。短短七年，父親中風一次，母親要求離婚未獲同意，搬出去住，吵架原因是平常皆由父親騎車送女兒到捷運站，那天上午睡過頭，老二不想吵老爸的睡眠，自己離家到大街對面搭了公車。

能怪誰？千錯萬錯是貪睡老公的錯。

大女兒大學畢業結了婚，這星期看老爸，問血壓降了沒，下星期看老媽，滿屋髒衣服也不洗。暫時不想生孩子，由發展情況推想，十年內抽不出時間生孩子。

莊老太太拖買菜車搭公車去菜場，爆炸時坐在車門旁的博愛座。兒子為此和妻子鬧得不愉快，兒子責怪妻子太懶，居然任由老媽一人去買菜。妻子哭訴，媽堅持買菜怎麼辦，她在家裡沒別人說話，趁買菜出去走走，和市場老朋友聊天，我有什麼辦法。

還好七年後夫妻仍在一起，誰也不提這件事，不過清明節前後兩人少話，出口的每一句經過再三斟酌，免得撕開舊瘡疤。

老倪請各地警局幫忙調查，以上三人的回覆很快，顧媽媽的妹妹對派出所表示，顧先生退休公務員，沒聽說和人結仇，即使有仇，揍一名六十多歲的糖尿病患不困難，犯不著放火燒公車。

王家當年高二的女兒一心進台大，放學進補習班，週六週日混圖書館，成天拖一口行李箱裝參考書。沒男朋友，別說仇家。她姊姊的語氣透露另一意思：

前男友經常可列為仇家。

莊老太太七十九歲了，火燒公車案當中最無嫌疑的受害人。身後保險金三百萬，與在聯電工作的兒子收入比，不到兒子心生歹念至殺人的地步。

一個小時前老倪再收到另兩個回覆，顯見派出所對他交代的事努力達成，大家聽說倪大隊長快升六都警察局長，說拍馬屁難聽，新北市警局各單位秉持不可得罪未來大長官的自我保護心理罷了。

三十七歲的焦太太坐於失事公車的右側第二排座位，可能打瞌睡，公車撞擊力量相當大，她毫無防備，撞到前座跌落至椅下，空間小，猜測她卡在那裡，不久車子燃燒至油箱而爆炸，找到她屍體時，臉部朝下，衣物被燒光，死狀甚慘。

她是台北市警局的雇員，擔任文書工作。如果警察這行業容易結仇，那麼她是所有死者中最可能有仇家的。經過調查，她從未參與刑事案件。局裡同事看過焦先生來過幾次接她下班，顯示夫妻感情不錯。不久即未再深入調查。

焦先生失去妻子，原有一子一女，案發兩年後再婚，新的妻子為他生下兒子，如今三歲，看似家庭圓滿，查檔案，焦先生曾至分局報兩次案，和前妻生的女兒兩度離家出走，分別於三天和七天後自動返家，到台北市同學家睡了幾晚而已。她不呷意老爸的新老婆，對警員稱她騷婆。

派出所前所長記得，焦先生報案時曾訴苦，不該再婚。之所以記得是焦先生悔恨地說與前妻生的兒女和新媽媽的相處，油和水，沒辦法攪拌。

焦太太大學交過一個男友，如此而已，和焦先生交往半年即結婚，同事說她個性開朗，辦公室每月慶生的蛋糕都是她做的，熱愛烘焙和烹飪，難道有人認為她的蛋糕難吃，想法子調查她每天上班路線，挑準公車，破壞油管，非致她於死？

「重查資料，小姚，反省果然對人有益。」老倪在手機中說，「以前我以為搭公車的多是老人和不能考機車駕照的小朋友，錯了，還有女人。我老婆也常搭，買菜太重，你曉得一顆高麗菜加兩顆木瓜和你練啞鈴的重量差不多嗎？她選擇公車，站牌離家比捷運近多了。也許和案情無關，可是小姚，公車原來對女人那麼重要。」

第五名死者也是女性，二十八歲萬太太，搭車到西門商圈上班，外商成衣百貨店的店長，往日大多九點半出門，這天為了做上個月的帳，提早出門。萬先生向警方表示他的妻子沒有仇人，婚前的上一個男友已在上海成家，上上一個男友是同一公司的經理，也已經生子。上上上一個男友，萬先生在長途電話裡表示，他就不清楚了。

萬先生於妻子遇難的第三年，攜唯一的兒子移民新加坡，他是電子工程師，到哪裡都有人搶。

里長聯絡不上他，不清楚萬先生與萬太太是否結仇。

萬太太是店長，這幾年實體商店受網購影響，生意比過去差多了，身為承擔業績壓力的店長，頂多對屬下要求嚴格，不太能構成非鑿穿公車油管燒死她的動機。

老倪補了一句，一個人死亡，改變家裡每個人的命運。

一旁黃師公聽著，加了一句：人．生．同．款．保．齡．球。

姚巡官仰首看明月，不該像保齡球，像骨牌，一張牌倒下，後面的牌跟著倒，不倒的也碰歪了。

沒有風，圓框鄭撞了牆壁兩下，叩，叩。不是警告姚巡官可疑人物出現，而是，媽，媽，或老，媽。他是小傑哥哥，不是麼。

智子走進巷子，對黃師公和姚巡官打招呼，並對圓框鄭揮揮手。

昺法醫搭計程車停在巷口，氣喘吁吁跑來，智子已進當鋪，黃師公攔住昺法醫，姚巡官說明：

「人家夫妻很多私事要聊，不適合外人旁聽。」

「我學科學，大好機會驗證靈魂存在的理論。」

黃師公冷冷地說：

「你法醫，太血腥，不宜進去。」

他們坐在門外等候，店內瀉出燈光，未闔攏的門縫飄出金屬碰撞的輕脆聲，樓上與對面公寓漸漸退進黑暗。

「時間快到了。」黃師公說的是肯定句。

另兩人沒看錶或手機，齊一點頭同意。

「每回碰到這樣的夜晚，多少感受到壓力。」

「天天解剖的法醫談什麼壓力，悲傷，我感受到的是悲傷。」

「姚巡官人好，無量壽佛，各方神祇保佑善心者。」

「我不善？」

「昮法醫做別人不願做的事，替死者找出真相，上善。」

「談不上善。」昮法醫突然變得謙遜，「醫學院畢業分到各科實習，我那時代外科熱門，讀得要死不活考進醫學院為了做醫生救人，有什麼比外科更直接。我老師，恩師，問我對法醫有沒有興趣，好奇他怎麼問我這個，猜，他為什麼問我？」

黃師公早就不猜了，年紀大，不做費力的事。姚巡官見黃師公不猜，他只好猜，朋友，捧捧場。

「你老師認為法醫是高尚職業，別人不肯做的，你拍胸脯接下。」

「師公讚我善，不是說我笨。老師看穿我，脾氣躁，不喜歡逢迎拍馬，擔心我將來和病人吵架，和家屬吵架，和上面吵架，勸我顧自己。」

「羅漢。」黃師公評論一句，聽不出讚揚還是貶抑。

「成天面對死人，十年下來愛上死人，猜，為什麼愛？」

又猜。黃師公當沒聽見，打個呵欠，姚巡官不得不捧場到底。

「死人不嫌你刀法差。」

「謬矣，醫學院搶著請我去教解剖課。師公不了解，小姚，你刑警，你瞭。別看死人躺在那裡不吭不哀，他們沉默地提供真相，期望我點醒腦袋不懂轉彎的警察。」

「昺法醫罵得好。」

「死人附贈我的一個註腳，雖然給你真相，明知一件事可以有一百種答案，真相只一個，不幸，未必用得著，真相有稜有角，沒辦法打磨，欠圓滑。」

姚巡官思考昺法醫的話，黃師公老江湖，三秒鐘參透，

「道可道非常道。」

「什麼意思？」昺法醫的臉伸到黃師公面前。

「我們道教說法，不用太在意真相能不能用得上，它在，公理就在。」

輪到昺法醫思考，很長時間，其間圓框鄭抖了一陣子，敲牆的聲音不大，接近與

奮接近撫摸，科科科，接著，呵呵呵。

黃師公看到，一隻小壁虎跳至圓框鄭頭上。

「不對，」昺法醫頓悟了，「光說公理在，太消極，真相存在的目的就是為了派得上用場，否則要真理幹麼。你老道成天窩宮廟，以為修煉一百年，死了成仙？我們早說好，還有小姚，你們哪天掛了，掛得不明不白，我老人家親手為你們解剖，到時看真相怎麼說。」

姚巡官看看手機螢幕，十二點二十三分，智子見鄭鵬飛，剛開始，也可能一言不合已經結束。夫妻之間，沒有真相。他扭頭對昺法醫說：

「假設我先死，如果有另一個世界，趁你睡著摳你腳心。」

「不必，我當直男五十九年了。」

「還有三年呢？」

「三歲前我祖母把我當孫女養，老人家的迷信，避開上一世的冤仇，好養。」

姚巡官不知怎麼接話，但他還是接了：

「有三歲的照片嗎？」

**

司馬居士兩手一上一下捧著八卦鏡繞羅蕾轉，已經半夜，羅蕾眼皮快閉上。

「兩個看不清的影子。」

羅曼左看右看，鏡子裡明明一個羅蕾。

「師伯，做人不要這樣，拿鏡子看女生，我老妹年紀小，不是不會害羞。」

「兩個。」司馬未緩下腳步。

「啊，繞繞師伯，我妹要睡覺了，我媽要是知道這麼晚她還不睡，恁伯——她阿兄回台北被唸死，做人兒子揪辛酸。」

司馬放棄羅蕾，鏡子照向羅曼繼續繞。

「你也兩個，白天一個，晚上一個。」

「拜託，白天是羅曼，晚上不做羅曼做流氓。」

「你白天態度恭敬，我以為黃道友教出好徒弟，晚上言語不禮貌。」

「哥，我要睡覺。」

羅曼撲過去抱住羅蕾。

這一星期羅蕾另一變化是說睡就睡，沒有緩衝期。羅媽媽罵羅爸不叫女兒睡午覺，吃過晚飯累到沒走到床便睡倒。

斷電。羅曼對羅蕾的形容，玩具裝電池，會從動作趨緩表達電快用完了，羅蕾不來這套緩衝，斷電似睡著。

「你妹還有什麼和平常小孩不一樣的地方？」

「講笑。師伯，我妹天下第一會吃，可是只肉肉的，沒胖成豬，吃的營養消化到哪裡去？她突變，本來不說話，開始說以後說不停，說得和大人沒差別。」

「你媽領養來的？」

「算是。」

「你白天說在哪裡遇到你妹？」

不能說出鄭記當鋪的祕密，出賣朋友。

「走在街上遇到，她喊肚子餓，我好心帶她去便利店吃，靠，吃得我破產。她沒身分證，我好心帶她回家。」

「哪條街遇到？」

「一條街啦。」

鏡子照住羅曼，司馬繞著轉，照得羅曼每一寸肌膚發燒。

「你在一條街遇到她，她叫你哥哥？」

「本來我應該不是她哥哥，小傑才是，他家的當鋪，憑什麼賴我頭上。」

羅曼聽見自己說出的話，想閉嘴，閉不上了，說個不停，說到起肖。

他抱著睡著的羅蕾，終於閉起嘴，口乾舌燥，司馬師伯坐對面頻頻點頭。

「原來如此。」

「死啊，我把小傑家的祕密全說出來，不是這樣，其實——」

於是羅曼又說個不停，說到快吐出麵線，羅蕾打鼾嚇到他再次閉嘴。

「我又說嘍。」

「原來如此。」

司馬伸手接過羅蕾，

「到我床上睡，你看她睡得多沉，乖女孩。」

「不要告訴小傑我洩漏他家祕密，死啊死啊，我叩他，載我女朋友不知道去哪裡，死小傑。」

他按下手機，沒接通，不是訊號不良，不是通話中，沒有絲毫回應的空。他搖手機，再按，還是空，什麼都沒有的空。

「怎麼這樣。」

看到桌面上司馬的手機，拿起來按下小傑手機號碼，咦，小傑手機幾號？拿自己手機按小傑的資料，對，他的號碼是這個，忘記好朋友的號碼，怎麼會。

撥出號碼，感覺每個阿拉伯數字掉落懸崖，連噗通也沒，空。

「羅曼，你睡地上。」
一個枕頭打在羅曼後腦。
「明天我們去台南和小傑會合。」
司馬也發出鼾聲，一向會睡的羅曼反而清醒得像上午十點半，他看兩支手機，撥出的號碼被吃掉了，諸葛亮廟裡有頭吃阿拉伯數字的怪獸。

——＊＊——

「妳有沒有C計畫，可以逃出這個黑。」
機車依然以二十公里時速蹽在看不到盡頭的黑暗中。
「想不出。」
「不是中過邪，再唸和尚教妳的《金剛經》。」
「氣氛不對。」
「唸經還要氣氛。」
「羅曼師父沒教你們？」
小傑努力想，阿爸好像提過，遇到亂七八糟的事馬上回當鋪拜祖師爺，黃師公送的符也有效，張寶琳明明舉著雨漸耳呀。

「妳是不是拿錯了，我叫妳拿我口袋裡的符，黃紙。」

「呃，是呀，長長的紙。」

很快，她又說：

「不是這張啊，你口袋塞那麼多紙，這張是便利店中元節商品目錄，真是，這種你也拿。摸到了，原來這張是雨漸耳。」

張寶琳將符伸到前座，小傑確認沒錯，她揚起手中的雨漸耳，遠方傳來沉悶又清爽的轟隆雷聲。

機車前輪向上彈了一下，速度飛快地升到七十公里。

「早知道。」

「早知道什麼？」

張寶琳捏小傑肩頭，

「上路前把雨漸耳貼在機車前面。」

也對。

台十四甲線過克難關不久是大禹嶺，左轉往北走台八線，到梨山再接台七甲線。

「我們逃出來了。」

「黑得好可怕。」

「沒有聲音，沒有光線，同學，前面如果看到宮廟我們停車拜拜。」

「小傑，拿到張天師符，得去台北給黃師公看？」
「對，而且我要看我媽，她，今天半夜，和我爸見面。」
「死掉的那個爸爸？」
「只有一個爸爸。」
「你爸死了，靈魂回來摳你媽的腳心，你媽不害怕？」
「到台北妳會見到我媽，妳問她。」
「你媽長怎樣？」
「還好，鄰居說她年輕時很漂亮，她也這麼說，覺得嫁我爸是我爸賺到。」
「可是他們離婚了。」
小傑不能說都鄭記當鋪害的，他是第九代繼承人，不好說自己店的壞話。
「我媽自由派，我爸，保守派。」
「當初結婚幹麼。」
他問過爸同樣問題，爸怎麼回答的？想到，爸說結婚前只看到兩人合的地方，結了婚才發現原來也有不合的地方。
什麼狗屎回答。
停在土地公廟前，路邊水泥蓋的小小的廟，他們燒香拜拜，張寶琳拜得虔誠，起碼拜了三分鐘。

「吃茶葉蛋。」

「你呢？」

「我不餓。」

她咬了一口茶葉蛋，剩下的給小傑，

「一人一半，感情不散。我阿媽的口頭禪。」

小傑低頭吞下蛋，差點噎到。

手機螢幕亮了，姚巡官傳來簡訊，短短幾個字：

你媽出來了，她叫你馬上回台北。

小傑嚥下蛋，不妙，老媽和阿爸的見面恐怕不愉快。

「他們見面不愉快？」張寶琳問。

「我猜的，如果愉快，我媽不會不對黃師公他們說。如果沒見到我爸，沒有愉快不愉快的問題。她見到我爸，要麼我爸過得不好，她難過；要麼我爸又說她不喜歡聽的話。」

「舉例。」

「例如我爸反對我去日本，要我留台北繼承鄭記當鋪。」
「這樣喔。」
「我媽一定罵我爸摳她腳心害她睡不好。」
「也是。」
「我爸說不摳腳心，我媽忘記當初兩人多相愛。」
張寶琳沒有問題了，小傑專心看前面路面，他們仍有很長一段山路要趕。
「你媽見到你爸，會不會抱在一起？」
小傑被新問題困住。
「我媽見到我爸說不定罵，啊你是怎樣當老爸，看小傑瘦成那樣。」
「你媽認為你很瘦？」
「不，她表達見到我爸的興奮方式。」
「怪。你爸呢？」
小傑抽抽鼻子，
「我爸呢，他以前常說，尤其晚上，他會一個人坐床上對空氣說，智子，妳好嗎？」

第六章

陰時陰分 在最陰的地方

啊祖先 專業拜拜喔

《刑事訴訟法》第一百五十四條：
被告未經審判證明有罪確定前，推定其為無罪。
一般稱為「無罪推定原則」。

——**——

凌晨十二點四十七分，智子臭著臉步出鄭記當鋪，其實早在兩分鐘前姚巡官便知道智子的人鬼對話結束了，因為圓框鄭動也不動不說，那隻小傑口中的小虎也消失不見。

昺法醫愛打賭，他賭智子出來一定淚流滿面，黃師公不這麼以為，他認為智子不哭不笑，滿腹心事。

「你呢，你呢，別他媽說警察中立，你們成見最深。」

拗不過昺法醫，姚巡官賭了。

「智子不哭，臉百分之百臭，而且想罵兒子，小傑在宜蘭，我們三個可能成她的出氣筒。」

賭注不大，一餐鼎泰豐，贏的人隨便點，輸的兩人心甘情願買單，不得幹譙。

姚巡官贏了，智子搓著兩手縮著身子，一出來就呵著氣原地跳，彷彿逃出某個冰庫。她並用發抖的聲音喊：

「小傑人呢？在宜蘭？叫他馬上回來。師公，你出的爛主意，凍死我。」

鬼門開了條小縫，或是兩個世界之間的密道打開了？

三個男人低頭的低頭，看黑夜的看黑夜。他們感受到智子帶來的低氣壓。

「鄭家祖墳在台南是嗎，我陪小傑去，一次解決。師公，你教我該注意什麼？」

黃師公頗勉強，從他抖腳的速度可以看出，比圓框鄭撞牆更極端。

「妳和鄭鵬飛見過面了？」

智子咬咬嘴唇，總算坐進姚巡官讓給她的板凳。

「他不肯露臉，我們說了幾句話。」

智子一腳邁進地下室，氣氛和平日不同，燈光閃爍不定，而且燈明明固定於天花板的水泥牆上，光影卻有如被強風吹得搖擺不停，連她的影子也忽長忽短，這時智子想起下樓時根本忘記打開總開關。

若是平日，當氣呼呼回到樓梯口使盡氣力推拉總開關幾次，她相信東西不常用容易生鏽，尤其她脾氣不好的時候。此時她沒管總開關，黃師公吩咐過，除了上香和等候，別的事一概勿做。

走在兩個高櫃子中間，記得排滿大小保險箱的鐵櫃和屋頂齊高，也就是三公尺一、二，這晚不同，可能光線昏暗，覺得櫃子無聲地隨她步伐往上延伸，像走在兩堵厚實又高不見頂的城牆中間，氧氣減少，她拍拍胸口深深吸了幾口。

周圍溫度一點一點下降，猛然低到智子的體感溫度接近零度，她打著哆嗦想上樓倒杯熱茶，可是傳來聲音，有如五條巷子外一戶人家深夜拉開木門，而木門用了多年往下傾斜，和門框發生摩擦，喀卡，喀卡。

地下室沒有門，沒有窗。

來到祖師爺神像前，香爐周圍布滿香灰，她抽出三炷香點著，黃師公叮囑，第一炷朝天拜天公，第二炷對地拜土地，第三炷拜祖師爺，請求祖師爺幫忙的話得一字一句清楚地說出口，免得神明聽不清。她插上香，兩手合十低聲唸：

祖師爺，我是鄭鵬飛前妻竹內智子，赴約來了。

午夜十二點十二分，香在祖師爺面前扭動身形，如聽到魔術師笛子聲的眼鏡蛇，扭了幾下筆直往上，升得很高很高，屋頂隨之升高，直到香與屋頂消失於黑暗之中。

她盤腿坐在祖師爺面前，看著香頭火光轉淡，應該說香頭有如包了層半透明紙，光點有氣無力地跳躍。

視線模糊，眼皮沉重，水般游動的灰影向她圍攏，智子未動，黃師公說的，不必理會外在變化，用心傾聽。

冷風吹進她每個毛孔，聽到風舞動的聲音，把「嘶」打薄，拉長，再提高八度。

「妳來了。」鄭鵬飛的聲音。

「我來了。」智子顫抖地回。

聲音很遠，可是感覺冰寒的他就在對面。

「妳來了。」

「你摳了我腳心。」

「小傑。」

「為小傑才摳我腳心？」

「小傑。」

祖師爺神像旁的牆壁緩緩滲出一股清涼的流水，智子想起夏天的外雙溪，她和小飛脫了鞋襪浸兩腳進溪水，小飛抱光溜溜的小傑往下放，小傑舞著兩隻蓮藕似的手臂發出呵呵笑聲。

「小傑怎麼了？」

水順著牆往下流，落至地面後聚成小小水窪，智子依稀看見水裡面藏了一張起伏不定的臉孔，熟悉又無法確定。

想到，小傑誕生那天，小飛抱著小傑，一大一小兩張臉湊在她枕旁，護士小姐拍下照片。

兩張臉孔逐漸疊成一張，像小飛也像小傑，想到那天的快樂，難道那是她人生的快樂頂點？

「說，我怎麼幫小傑。」

水窪朝四方滲開，地面沒有洞，可能連水泥的毛細孔也沒，脫離群體的幾顆孤獨水珠滾動於牆角，智子沒有緣由地趴下往水珠吹，這樣，水珠回到水窪，水窪匯成酒杯上突出的表面張力，小傑的臉在張力上方，扭曲搖晃。

「鄭鵬飛說了嗎？」

智子從頭到尾沒見到從另一世界來的小飛，太黑太暗，太不可捉摸。智子腦中倒是出現半透明、朦朧的一團影子。

影子飄忽不定，像，

「像水族館的水族箱，一隻海豚跳進去，看不清海豚，看到水起伏不定，水波打在玻璃，玻璃上的水珠有的向下流，新的水珠又沾上。」

三個男人想像水族箱。

「水族箱裡的水灰的，室內的光線陰暗，一波一波的水撞擊我腦子，不痛，但所有畫面溼漉漉，想抹掉水珠，抹不掉，海豚糊的，到處游動。不是海豚，一團灰又透明的影子跟著水波變化，忽然像小飛的臉，水珠太多，有的地方被水珠擴大，有的退很遠，沒追上，他的臉忽遠忽近。」

她的神情也飄得很遠。

「我試著集中意念，排除沾在玻璃上的水珠和水紋，沒辦法，剛擦掉，新的水珠又往下流。」

「腦霧。」昺法醫解釋。

「他的聲音傳進我耳膜，空洞的聲音。我想問他很多問題，喉嚨卡住，說出的話變成泡泡，他的聲音壓得我無法說出話。」

「鬼壓床。」昺法醫再解釋，儘管從不相信鬼壓床這回事。

「最後他問我，記得搔腳心的約定吧，我到了那個世界。」

「無量壽佛。」黃師公語氣溫和。

「什麼樣的世界？」昺法醫問。

「沒辦法問，他走了。感覺他走了，因為腦中的霧消失，我可以恢復思考，我想的是他去哪裡。打亮打火機，祖師爺前的香燒光，恰好最好一截香灰落下。本來要到處找找，實在太冷，只好出來。」

「就這樣？」

「不止，記得他說的話，太凌亂，不是他在地下室說，是他留在我腦子裡的話，剛才明明沒有，現在記起，他說了小傑的事。」智子兩手抱頭，「我想想，太模糊，飄在很深的地方。」

黃師公遞去已經涼的茶，

「不要急，鄭鵬飛既然出現，既然說了關於小傑的事，妳一定想得出來。」

姚巡官蹲下身看著智子，

「鄭鵬飛收到訊息了。」

「周在福找到他，沒講怎麼找到，一個人問他，你來了，他回，你也來了。來的人問他是不是鄭鵬飛，午夜十二點十二分，祖師爺前。」智子喝了茶，心情平定許多。

「那人說了姓名沒？」姚巡官急著問。

「他要鄭鵬飛轉告我，他的名字是周在福。」

姚巡官鬆口氣，周在福守信用。

「小飛的聲音很遠，帶著回音，他待的地方很空？」

「妳說，」黃師公放下腿，上半身向前傾，「我聽。」

「家譜，他說一切原因在家譜裡面，小傑知道。」

黃師公摸出那張起縐的紙，

「這張。」

「他爸，我公公鄭原委死前身體不舒服，進醫院幾次查不出病因，一天比一天瘦，醫生說他體內的養分不明原因快速消失。走的那天晚上突然精神異常地好，坐起身和我們吃飯，我去廚房炒菜，他和小飛講的話我沒聽到，後來小飛說只是一般遺言，騙我，他眼睛內含著淚水，公公的死絕不單純，不過他們父子間的事，我不便追根究柢。」

黃師公抖著腳，沒抖幾下即停止。

「師公，小飛沒講太多，到底家譜、祖墳和他的死有什麼關聯？」

「小傑從他爸電腦裡找出當鋪歷代朝奉的資料，整理之後覺得裡面藏了詭異線索，鄭家不知第幾代被仇人下了詛咒，左右鄭家歷代的命運。不對，只限當了朝奉的人。」

「老道，不要細說從頭，講重點。」咼法醫急。

「巫蠱之禍，聽過嗎？」黃師公眯著眼看智子，「史料正式記載是漢武帝時期。」

「紮個小草人、木人，用針刺。」咼法醫聽過。

「巫蠱術的一種，光用針刺發揮不了作用，」黃師公手指如握毛筆，「符，巫師畫的符。將對方姓名和生辰八字貼在草人胸口，符咒貼頭頂鎮住鎖在裡面的靈魂，大聲唸咒，舉起針往草人心臟部位用力刺下。」

閃電穿透濃雲，遠方傳來微弱的雷聲。

「我連自己生辰八字都搞不清。」昺法醫依舊不信。

「鄭鵬飛有天陪我吃魚皮粥，問我巫蠱和符咒的事，他懷疑還有人用巫蠱術害人。巫術我信，蠱術早失傳，我以為他隨便找個題目聊天，沒認真聽。妳說。」

「小飛說和一般的詛咒不同，這道咒鎖住鄭家好幾代人，類似關在家裡的臥室，很悶很難過，沒有氣力走出去。以前我公公幾乎只來往家和當鋪，後來小飛也這樣。我受不了，沒想到是咒語，我天天發脾氣罵他，對不起他。」

智子沒哭，她吸了吸鼻子。

「小房間，他的人生鎖在小房間，牆移動得很慢，向中央擠，有時半夜他驚醒，喘不過氣，以為得了氣喘。」

「難怪，」昺法醫開口，「他的死因推測為心肌梗塞，也就是冠狀動脈堵塞，一下子無法吸到氧氣，心臟衰竭，如果來得太快，送醫前死亡，我們從他屍體得到的證據有限，只查得出心臟衰竭，無法確定是不是呼吸中止症。」

「怕我擔心，他沒對我提過詛咒的事，私下到處找破解的方法，還是失敗。」

昺法醫與姚巡官看向黃師公。

「諸葛亮禳星術。」黃師公咳了咳，「一種法術，對付死亡的威脅，遭敵人詛咒，唸特定的咒語向上天祈求——」

「隱身術。」昺法醫性子急，打斷師公的話。

「如昺法醫說的，隱身術的效果，自己藏進法術裡，躲開死亡、惡咒的追逐，要是成功，可以維持一段時間的安全。鄭鵬飛死前正布置法術的陣法，時間不夠。這件事他沒對我提過，怕把我扯進惡咒，我猜想下咒的人功力強。」

「小飛擔心兒子，不知怎麼告訴小傑，見我回台北，連續幾天摳我腳心，希望我記得以前的承諾。」她抿著嘴，許久，「我記得。」

「什麼承諾？」

「照顧小傑。廢話，我是他媽，我不照顧他誰照顧。」

「小傑也是詛咒對象？」姚巡官問。

「鄭記當鋪每一任朝奉被詛咒，如果小傑不繼承，能不能躲開詛咒？」黃師公抬頭看圓框鄭一眼，「詛咒什麼？」

「小飛沒說，我想問，可是凍得無法開口。他說祕密在家譜裡。」智子又抱住頭。

「只要不繼承當鋪。詛咒的是鄭記當鋪朝奉對麼？」昺法醫說。

「不能冒險，小飛說的，孩子的事絕不能冒險。他死後由祖師爺接引，再三懇求，得到一個答案，自己的孽自己解。」

「自己解？」

「小傑如果願意繼承鄭記當鋪，當然也繼承了詛咒，繼承了歷代先祖為破解詛咒遺留下的資料，小傑得自己找出正確化解詛咒的方法。如果不接當鋪，也許躲開詛咒，也許躲不開，到時來得突然，怕沒有機會反抗。」

黃師公的手掌在紙上一抹再抹，

「不能冒險。這是鄭鵬飛幾代累積下來的破解術？」

紙攤在門口的光線下，每個人盯著看，一堆數字組成鄭家命運。

「師公看出什麼？」

1 鄭鐵 1643～1722，一六六二年來台南創設當鋪，那時十九歲，經營了六十年，一七二二年病逝，七十九歲。

2 鄭潰 1686～1777。一七二二年接掌當鋪，當時三十六歲，活到一七七七年，九十一歲。

3 鄭焱 1706～1806，一七五六年接掌當鋪，當時五十歲，活到一八〇六年，一百歲。

4 鄭圭 1744～1845，一七八六年接掌當鋪，當時四十二歲，活到一八四五年，一百零一歲。

5 鄭鑫根 1765～1933，塗抹過，看不清後面的字，活了一百六十八歲。

7 鄭原委 1953～2015，一九七八年接掌當鋪，當時二十五歲，活到二〇一五年，六十二歲。

8 鄭鵬飛 1978～2023，二〇一三年接掌當鋪，當時三十五歲，活到二〇二三年，四十五歲。

9 鄭傑生 2006～，二〇二三年繼承，當時十七歲。

「第一代的鄭鐵到第五代的鄭鑫根，壽命一個比一個長。」被菸燻黃的食指停在鄭鑫根。

「一百六十八歲，違反基本常識。」昺法醫不接受。

「漏了第六代。」

「小傑抄漏了？」

「一百六十八歲，開玩笑，不會也是小傑抄錯了。」

「我公公鄭原委和我先生鄭鵬飛壽命變短。」智子腦子停在公公和小飛的壽命。

「小傑活不過四十歲？他爸擔心這個？」智子憂心地說。

「智子，誰也說不準，我們得找出原因，從詛咒什麼，找出誰下的詛咒，才能找出破解的辦法。」

「你不是要小傑去壯圍拿張天師符。」昺法醫推了推黃師公。

「張天師符為化解鄭家祖墳的元始天尊禁制符，不能解鄭家的詛咒。祕密藏在祖墳內，否則鄭家祖先不需要在祖墳入口處貼元始天尊符。」

「裡面有什麼？」

「智子，鄭家祖先精心布置祖墳絕對有他們的道理，道家講究化解、鎮壓，他們幾代採取逃避方式，無法化解，沒能力鎮壓。他們找過道術高的道士對抗詛咒，也失敗，不得不用元始天尊符護住鄭家命脈。你公公和鄭鵬飛先後不明原因死亡，我看詛咒找到鄭家的弱點，怕小傑躲不掉。」

「鄭鵬飛沒說其他的？」姚巡官問。

「我先生說，請姚巡官不要失信，你答應周在福的事。」

「不會失信。」姚巡官堅定地回答。

難得昃法醫主動騎車買了好幾盒食物回來，黃師公大口吃廣東粥，昃法醫調侃他：

「我請客，你吃得有報仇的快感吧。」

「現在你明白我們為什麼忍受你？開刀的，你不是壞人。」

當昃法醫思索如何回嗆，智子從店內取出一方玉石，放進黃師公手心，

「鄭鵬飛家的傳家寶，師公看有沒有用。」

一顆鳳梨酥大小的印章，刻著篆文，黃師公用了印泥蓋在白紙上才看得出刻的字，

「這是啥？」

「我公公鄭原委死前交給小飛。」

「昺法醫學問好，對這顆印有什麼看法？」黃師公將印交給昺法醫。

「印，玉石好，看樣子是老玉，有些歲月。」昺法醫翻來覆去研究印章，「刻了鄭家的鄭字，刻得好。」

「刻成篆體，有含義。」

「有話你就說，不必等我回答你再打槍。」

「鄭。」黃師公接回印章，「左邊是個放在架子或桌子上的酒罈，古時候祭祀用，右邊的邑指地方，意思是在郊區祭祀。祭誰呢，無非天與地，神與鬼。」

黃師公把印章還給智子，

「你們鄭家——」

被昺法醫一陣亂咳打斷了話。黃師公也咳了幾聲，

「妳先生的鄭家遠祖做祭祀工作，歹講，祖先是政府的祭司也不一定。鄭鵬飛的家族起點。這樣，老天有命，不可違逆，智子，妳帶印章陪小傑走一趟台南，危急時

它會幫妳忙。」

「印章能有什麼用？」

「我姓黃，甲骨文裡長這個樣，」他蘸茶水在茶几上寫了個字。

「像不像箭靶？黃最早的意思是中，射中的中，引申為中間，皇帝的顏色。」

「昺呢，日丙的昺。」

「你正大光明可以吧，別搞混我們的話題。智子，妳帶印章和小傑會合。」

「師公你不去？你懂，我和小傑懂什麼。」

「不，你們家的事，鄭鵬飛是妳先生，鄭傑生是妳兒子，他們賴妳維護，我們都外人，在台北為鄭家祈求成功。」

「印章做什麼用？」

「如果惡鬼出現，妳往它額頭蓋。」昺法醫說。

「到時妳自然知道。」

黃師公兩手交合，十指緊扣，形成一個大拳頭，

「遇危難兩隻手比這個，蓮花手印，心平氣和，百鬼不侵。」

他右手中間三根手指放在左手中間三根手指上，

「刀山，對著攻擊妳的惡鬼，立時逼退它。」

「還是師公陪著去比較好。」姚巡官憂心忡忡。

「不，」智子握蓮花拳，「師公說的對，小傑是我兒子，我去。」

接著她朝夜空比出刀山，叩叩，圓框鄭轉了九十度，整張臉貼著牆動也不動。

——＊＊——

過了梨山接台七甲線，小傑與張寶琳輪流騎車，衝出迷茫的大霧，見到清晨溫暖的陽光。

「我們出來了。」張寶琳興奮地喊。

小傑加足油門，接下來一路往北，沿蘭陽溪，應該能在十點前後抵達壯圍，希望不再遇到任何阻隔。

張寶琳看著小傑的手機，

「你媽的訊息，她叫你拿了張天師符馬上換乘巴士回台北換高鐵去台南，她在那裡等我們。」

她唸著：

「搭巴士換高鐵，在車上睡覺，不准騎車去台南。你沒有機車駕照？」
「呃，我媽也去台南。」
「怎樣？」
「她長得高又壯，講話像菜市場賣豬肉拿刀子切肉。」
「什麼意思？」
「一刀切下去，不廢話。」
「聽起來豬死得夠慘。」
「見到她不用怕，其實人還可以。」
小傑為說出「還可以」而笑了，風來得急，吹得他眼淚從眼角飛出。
「想你媽？」
「以前嫌她煩，和我爸離婚以後她回日本……很想。」
「聽起來你計畫跟她回日本。」
「沒決定。」小傑語氣猶豫，「我媽有時候黏人，和我爸的放縱完全不一樣。」
「你喜歡黏人的？」
「她又依賴人，選擇障礙，連買西瓜、哈密瓜都選半天，我爸指西瓜，這個，我媽得到解脫，立刻買哈密瓜。」
「叛逆？」

「不，這樣她爽。」

「住北海道哪裡？」

「札幌，我外公外婆家，進國中前每年暑假去。外公喜歡烏龍茶，我媽每次必帶的禮物。泡好，阿公坐在榻榻米，我媽跪他旁邊碎碎唸烏龍茶不能多喝，擔心外公心悸，我坐他對面，從功課到運動，拷問到頭昏腦脹，我媽當翻譯，然後外婆端甜點來，往桌上重重一放，外公就不再說了。」

小傑抹抹眼睛。

「可以滑雪對不對？我說札幌。」

「沒滑過，說不定去了學。」

「趕快學會，我和羅曼放假找你，你教我們。」

雖然小傑別說滑雪，連直排輪也不會，但突然間覺得自己很快學會，戴酷酷的護目鏡，穿酷酷的滑雪裝，一個俯衝，滑雪板上的他飛向天空，陽光和煦地迎接他，連機車也變得輕快。

「你修過日文課沒？」

於是小傑連人帶滑雪板摔在雪道，吃了滿口的雪。

「沒。」

「懂五十音？」

「懂幾個。」

「說一句日文我聽聽。」

不加思索，小傑脫口而出：

「大（だい）・丈（じょう）・夫（ぶ）。」

陽光映在蘭陽溪，河面閃著此起彼落的刺眼銀光，道路出現許多車輛，前面小貨車的貨棚打開，平底鐵板煎鍋、瓦斯爐。

「肚子餓不餓？」

「餓。」

「三個選擇，宜蘭市、礁溪、頭城，都有一直想吃的蔥油餅，礁溪那家炸的，加蛋加三星蔥，白水豆花吃過沒，不遠。嗑完蔥油餅去吃豆花。」

「你媽說搭巴士去台北。」

「那礁溪，記得賣蔥油餅的離巴士站不遠。」

「我的機車怎麼辦？」

「停礁溪，過幾天我陪妳來牽，騎回台南。」

「走台十四線還是騎到台北再騎縱貫線？」

「縱貫線，台十四線沒吃的，熊熊餓死。」
「你說話像羅曼。」
小傑愣了愣，
「沒辦法，他說我是他兄弟。」
「你幾個兄弟？」
「一個，叫圓框鄭。不對，兩個，另一個叫小虎。三個，不能忘記羅曼。」
「誰取的怪名字。」
「不奇怪，等妳見到當鋪裡的兩個，保證奇怪到後悔認識我。」
「他們討人厭？」
小傑遇到奇怪的問題。
「圓框鄭，算正常。小虎呢，常常不見。放心，都比我正常。」
他們超過小貨車，聞到蔥和麵團的香味。

——＊＊——

找到第六位火燒公車的被害人，十一歲的陳小朋友，他一如平日背書包去上學。為了將來分發到升學率高的國中，父母找了朋友幫忙遷戶籍，預期他從國中到高中到大學一路順利，十八歲進入台清交。每天來回花一個半小時在捷運和公車上從不叫苦，不幸父母千算萬算未算到竟然有一天兒子搭上死亡巴士。

老倪心情很差，幾乎從手機噴出火，

「你他媽現在的任務不是為狗屎爛蛋的周在福翻案，給我找出凶手。」

當然，十一歲的小男孩不可能與人結仇，父母不肯對派出所警員多說什麼，他們已經試著遺忘兒子多年，如果不忘記，沒法子對付眼前已經夠漫長的人生。

剩下最後一名死者，姚巡官決定自己登門拜訪，或許得不到答案，但他得自己走完這宗案子的最後一站。

答應周在福了。

胡澄清是當天倒楣的司機，本來輪他休假，因周在祿請假，公司叫他代班。上午六點不到騎機車出門，七點半妻子廖巧惠為孩子準備早餐，習慣打開電視聽新聞，聽到記者尖著嗓子鬼叫，一輛公車失事著火。

看著電視發呆，不久接到丈夫公司來的電話，胡澄清出事了。

七年後，姚巡官按她家門鈴時，聞到傳出的炒蛋味。門打開，姚巡官見十多歲的女孩和也十多歲男孩背幾公斤重的書包出去，聽到廖巧惠在他們身後喊路上當心。

每個人一旦離開家都該當心，外面的世界像輪盤，轉著轉，一顆小黑球落至頭頂，砰，很多人的人生從此改變。

「敝姓姚，派出所巡官。」
「你們通知過了。」
「通知什麼？」
「周在福被槍決了。」
他一再表明吃過早餐，十多分鐘後面前仍然擺了炒蛋和咖啡。廖巧惠低頭吃炒蛋，蛋裡包了切成丁的蔬菜和不計成本的蔥花。
「以前煎荷包蛋，胡澄清愛吃。幾年來我打死不煎荷包蛋，改炒蛋，打六顆蛋，倒小杯牛奶進去拌拌，冰箱裡有什麼青菜，剁點進去，牛油熱鍋，蛋下鍋兩分鐘完成。胡澄清早餐非得配饅頭，這幾年我們改吃吐司，見到饅頭想吐。要不是沒錢，早搬離這個鬼地方。」
花了些時間吃完早餐，她喝一口咖啡，側過身子一腳架桌面點燃一根菸。
「自己來。」
菸盒扔在桌面。
姚巡官為該不該抽菸頗掙扎，畢竟他因公拜訪居民，抽菸不太妥當。
「我以前不抽菸，胡澄清死的那天，我把他留下的一包菸抽光，到巷口買了一包新的，開始抽到現在，七年。人隨時會死，吃飯噎到沒有呼吸，走在人行道被車撞。」

姚巡官抽了，當作某種陪伴。

「七年前警察問過我三次，忘記姓名的警員，問了胡澄清值班情形。幾天後一位姓龍的刑警，問胡澄清生前有沒有異樣舉止，有沒有仇人，保險了嗎，有房地產的繼承權之類的。抓到周在福，一位姓倪的警官又來，問胡澄清和周在福、周在祿兄弟的交情。你第四位，周在福被槍決了，你要問什麼？」

她既不悲傷，也不訝異。

「胡澄清認識周在福？」

「不知道，至少他手機裡的聯絡人欄內沒這個名字。」

她話裡缺少溫度，口氣像可以買可以不買，仍問菜市場的歐巴桑今天沒有韭菜嗎。

「一定認識周在祿嘍？」

「他們同事，有陣子一起喝酒，搞不清原因，胡澄清不再提他名字。」

她不在意姚巡官打攪了早晨的清靜，不上班？

「和周在祿發生過衝突？」

「不會，胡澄清做人滑溜，如果你罵他，他反而請你抽根菸，大哥，別這樣。」

她不叫他老公或前夫，連名帶姓叫他胡澄清，聽來胡澄清一如吸塵器、電風扇，沒有生命的物品。

的．確．沒．有．生．命。

她放下腿，把盤子、筷子收進三步遠的洗碗槽。

「來杯酒？」

不行，一大早，她顯然不在意各人早晨喝不喝酒，一支玻璃酒瓶兩個杯子，她為自己倒了酒。

「想知道我喝了幾年酒？」

「七年。」

「不，第一年我難過，胡澄清年輕時開貨車，跑北部地區送包裹、貨物，我是包裝廠的工人，他問我想不想去兜風，載我到富貴角看燈塔。想到交往最初幾年，我難過。」

她喝了酒，不在意刑警評價她。

「第二年失落，另外找工作，想以後日子怎麼過，煩吶，也好，忘光第一年的難過。得顧孩子，在前面那家燒烤店打工，中午十一點和晚上五點上班。第三年和燒烤店的廚師成天麥芽糖黏一起，為期七個月零十七天，他回台中開店，找到金主投資，我有兩個孩子，抱歉，不能跟去台中。男人，過眼雲煙，孩子實在。」

她屋裡沒有全家福照片，沒有胡澄清照片。

「第四年，全新又老了的我，除了孩子，對其他事沒興趣。有天把胡澄清的遺物翻出來，我開始喝酒，不多，喝了好睡覺。本來和廚師混，回家看胡澄清的照片不好意思，沒道理的虧欠感，喝一杯酒好多了。」

酒，不能遺忘，充其量麻木。

「看了他的遺物，難受？」

「想開而已。」

她進屋拿出一個小布袋，倒出僅手機一半大小的錄音機。

「早想燒掉，不知為什麼留到今天。」

按下鍵，錄音帶發出磁帶的雜音，沒多久，變成女人嘶喊聲和男人的吶吼聲。

她按掉鍵，雖聽了不到一分鐘，姚巡官清楚男女喊什麼。

「胡澄清。」她說。

姚巡官考慮該不該告辭了。

「女的呢，你聽聽。」

她再按下鍵，男人喊著，翠霞，翠霞。

喊了翠霞，接著男人應該喊些別的動詞、形容詞，姚巡官沒聽到，但已經足夠。

「我在死亡名單找到翠霞，她是周在祿的老婆。錄音帶好幾捲，其他中元節扔燒金桶燒了，讓他在地獄自己聽自己爽。」

她停了很久，忘記抽菸，忘記喝酒。

「錄音機是我們度蜜月在日本買的，他愛錄我們辦事的聲音，聽了他興奮。他和朱翠霞也錄音，用我們以前的帶子，他和朱翠霞的蓋掉以前他和我的。」

沒忘記酒，她喝乾酒，點了菸。姚巡官跟著也點了，不點菸，他尷尬到不曉得該說什麼。

留下最後一捲錄音帶，幫．助．遺．忘？

「也好，既然他心裡沒我，我不用再想他，死了就死了。」她連續幾口抽掉一根菸，點起另一根。「火燒車那天朱翠霞也在車上，怎麼說的，同命鴛鴦？」

「我可以借這捲錄音帶？」

「錄音機也送你，我留著不過增加怨恨。」

把廖巧惠留在煙霧與酒精裡，姚巡官下樓到巷子深深吸一口氣，一早猛抽菸外加一杯酒，胸口悶得想吐。

「大隊長，」他講手機，「大概找到凶手了，你們留著當年吊死周在祿的繩子？能不能再送去檢驗一次？藥罐，對，朱翠霞的安眠藥罐子，如果有朱翠霞喝下摻了安眠藥的杯子，也請送去檢驗指紋、DNA，我是說朱翠霞指紋以外其他人的指紋。」

他騎上機車準備發動引擎，又撥了手機。

「周在福葬在哪裡？中和納骨塔？沒事，有空我去替周在福上一炷香。你和小龍也該去，可能直接證據一直在現場，卻被主觀認定忽略了。等下我去找你，好，那家蜜蜂咖啡館。」

他發動引擎，

「主觀認定經常忽略了無罪推定，我想周在福很想說出他的不在場證人，沒說的原因和個性有關，認為司法辨識得出他的清白。沒想到胡澄清的老婆、周在福的男朋友成為無罪的受害者，活得煎熬。一個懊惱，一個恨。我相不相信他們說的？大隊長，建議你盡快和他們聊聊。我相信懊惱和恨。」

——＊＊——

在幾條夾於稻田的小路間繞了幾圈，確有一間廟，宜蘭壯圍公館代天府，周邊掛滿迎風招展的宗教旗子，靠近海的緣故，不時幾隻海鳥掠過他們頭頂，兩隻黑狗朝機車吠幾聲。沒見到天師廟。

打開手機地圖，沒錯呀，他們離紅色的地點指標頂多幾公尺，太陽已經發揮威力令小傑冒出汗水，舉目望去一片清新的翠綠田園，不可能又遇到鬼打牆。後座張寶琳唸起經，機車鑽進防風林，窄小的小徑，路面破損不堪，前方停輛灰色休旅車，小傑決定上前問路。

穿出小徑，眼前是海，他們面對太平洋，一對年輕男女在海灘戲水，沙灘高處的防風林前吊著一座鞦韆，不是鬼打牆，他們走錯路，離紅色指標更遠了。

「怎麼找不到。」張寶琳抱怨。

她不是真心抱怨，否則怎麼一秒內轉換心情盪起鞦韆了。

「你來一起坐，希望不會被我們坐垮掉。」

小傑不能不暫時放下手機，坐進鞦韆，聞到張寶琳香香氣味，比蔥油餅好聞，前面是掀起一層層浪花的大海，令人忘記夏天代表的炎熱。

「我中邪之後好多天，一百兩白天，老是怕這怕那，有天聽到我爸對我媽說，怎麼辦，寶琳還年輕。」

小傑使出全身氣力，鞦韆盪得很高。

「我就不怕了，因為我怕，我爸我媽更怕，怕來怕去，很煩。」

盪得高，看到的海更大，原來遠遠有一艘堆成樂高積木的貨櫃輪。

「但我還是好奇，你爸走了，你那麼努力找他死亡的原因，什麼也不怕。」

如果鞦韆反方向，說不定他可以盪到高處看見天師廟的位置。

「你怕不怕？我說進你家祖墳，看到祖先的骨頭，發現你也會很早就死的真相。」

鞦韆逐漸緩慢，腳泡在海水裡的男女抱得好像一塊岩石。

「想到我爸，什麼都不怕。」

「你不怕，我也不怕。不能怕下去，開燈睡覺睡不好。」

再騎車進稻田間的小徑，騎過兩個轉彎口，張寶琳眼尖看見，低矮的廟宇，前面搭出很大的雨棚，一條長桌後面坐了位忙著謄寫名冊的中年婦人。小傑與張寶琳進廟上香，未見到其他人，只好出來向婦人報了黃師公和自己名字，婦人朝廟內喊叫，出來一隻褲管拉到大腿的男子將一個信封交給小傑，

「用完放黃師公那裡，下禮拜我去台北找他拿。」

裡面裝了張天師符？

「拿好，年輕人，天師符珍貴，不要隨便拿出來，六十三代一千兩百年的張天師意念在裡面。騎車喔，千萬別想符的事，要是想，天師很重，機車載不動。」男人斜眼看張寶琳，再看小傑，

「黃師公說你沒駕照，不准騎車。女同學有嗎？」

「我十八歲了。」張寶琳掏出駕照揮在小傑面前。

「啊現在女生都這樣，男生都怎樣了。」

男人揮手進廟了。

沒看小傑身分證，不需在借據上簽名。

小傑看著信封，明明沒重量。

騎往礁溪路上，忍不住對前座張寶琳說：

「叫我不想，這是可以送歷史博物館的張天師符欸，我們要不要停下車打開信封看。」

話才說完，小傑突然感覺身體重了，那個男人說很重，是指這種重？更重。

「停車。」他拍張寶琳的背。

胃裡沒東西可吐，卻仍然想吐。想站起來，沒辦法，他背了幾百公斤的東西，腰快斷掉那樣的重。

「給你天師符的人叫你別想，你不停地想對不對？我扶你起來。」

勉強坐上機車，小傑緊緊抱住張寶琳的腰，背心冒出冷汗，身體被壓得快掉下車。

「以前不知道我爸多愛我，中邪才知道，找到師父替我作法，我爸哭耶，哭得快不認識他，他哭著說他心裡裝了我和我媽，少一個都不行。」

張寶琳繼續沒有目的地說：

「交過一個男生，今年二月，他約我去鹿耳門聖母廟，拜拜求籤，閒下來他教我騎機車，不會騎車哪裡也不能去。五月不找我了，傳 Line 來，最後一年拚全力申請進成功大學，他不願離開台南。」

車子速度減慢，張寶琳肩頭抖了幾下，也許代表情緒，也許只是抖。小傑國中時的數學老師愛閉眼睛，講幾句話就一隻眼的眼皮往上往下擠。

「高一起，我們班上分成有男朋友和沒男朋友的，難溝通，我媽說不奇怪，她生我以前的朋友分成有孩子的和沒孩子的，自然形成，有孩子的愛聊媽媽經，沒孩子覺得無聊。高二我們班上再分台清交的和隨便的，一樣難溝通，有的要補習，有的故意把自己說成青春不再主義者，罵補習浪費青春。」

紅燈，紅燈！

車停下了，還好。

「我輟學一年，回到學校，以前同學問我中邪的事，新的同學好奇我哪一派，我爸幫我辦轉學，全部陌生的新同學，沒人問中邪，可是分的派更多。你遇過這種事？我每天偷偷猜她們喜歡什麼，順著她們的話題說，比較容易加入新團體。累死。懶得加入哪個圈子，反而和校外的交往輕鬆。所以我喜歡上網，很多帳戶。你呢？」

「我和班上的同學混。」

快中午，非得找到蔥油餅，拜託騎快點。

「羅曼人ＯＫ，好喜歡他妹妹，Ro～lei，可愛的名字。」

小傑無法辨別張寶琳說這麼多是告白嗎？抱著她的腰，忘記重量了，如果沒抱緊張寶琳，說不定輕得飄上天空，像張寶琳拉著氣球騎車。

愛聽張寶琳說話，像夏天愛冒出水珠的結冰水。

機車順國號五道下面的道路經過宜蘭市，路標顯示離礁溪不遠了。拉著氣球的機車行駛在本來什麼都沒有的天空下，騎呀騎，氣球飄呀飄，很快氣球後面拉出一長條白色的雲。

第七章

遺漏的第六代

地上的屎與尿

世界分成三部分，天、地、地底。天上之神稱「贊」，地上之神稱「年」，地底之神稱「魯」，即「龍」。

三者當各守其結界，各修其業，勿來往，免生事端。若涉足他界，當請「神鬼苯」之符以示「贊」，不得滯留異界，妄生事端。

赫赫陽陽，天地分界，遇咒則伏，遇咒則亡。

——出自《黑苯教》

——＊＊——

「你媽這樣喳？」

這是張寶琳被熊抱之後私下對小傑說的。

下了高鐵搭接駁車到孔廟，智子指定的地方在對面。

當他們過街走進咖啡館，小傑對智子介紹，媽，這是張寶琳。

智子沒轉換成偵探眼神問東問西，她張開雙手叫，張寶琳啊。一把抱她進懷裡。

他們喝咖啡吃鬆餅，智子講黃師公交代的事，秀印章給大家看，羅曼睡得口水滴到褲襠，羅蕾倒是醒了，吃完義大利麵再吃鬆餅，理應滿嘴番茄醬滿手鮮奶油，她卻吃得有條不紊。智子去化妝室，於是張寶琳悄悄對小傑說，

「你媽這樣唷，搞不好被抱成胸骨折斷。」

「習慣就好。」

「習慣？我以後常會見她？你想什麼？」

她誤會了，或是小傑在機車後座聽到一堆有的沒的真的只是有的沒的？

「還重不重？」

想到，張天師符仍在口袋裡，沒掉在路上。

「現在又重了。」

「一路上我講得喉嚨快斷掉免得你想張天師符，消耗大量精神，現在沒力氣理你，重不重死自己看著辦，想別的事。」

不必想，智子快樂地回座，姿勢像又要抱張寶琳，不過臨時改變成抱羅蕾。

「我們羅蕾一級棒，她一半是鄭家的人，生在當鋪裡。」

「我有兩個媽媽，我家的和小傑哥哥家的。」

小傑突然了解羅媽媽為什麼愛死羅蕾，有兒子的媽媽豈能不想要女兒，羅曼哀怨

說過，我們兒子加減算小孩，不加減的話算廢物。女兒每天喊馬麻，人家肚子餓了，靠，怎樣，不會直接開冰箱。我們體諒老媽辛苦，直接開冰箱找吃的，結果被罵，又翻什麼，看看你的髒手，新買的冰箱到處你手印。

羅曼揉眼睛擦口水捻一塊羅蕾盤中的鬆餅嚼，張寶琳把她的薯條推去，羅曼不客氣地繼續嚼。

「女生果然比男生好。」羅曼用眼角看小傑盤裡半個漢堡。

小傑不理，他抓起漢堡狠狠地大口咬。

當鋪歷任朝奉的名單攤桌上，智子研究半天還給小傑，

「黃師公給我看過，你說。」

小傑搔搔頭，

「昺法醫幫我整理，黃師公告訴我昺法醫表面上對誰都嗆，肚子裡有學問，可以幫我。」

「說啦。」羅曼總算清醒了。

小傑指他寫的家譜，

「鄭記當鋪由鄭鐵在一六六二年十二月開設於台南，前一年，一六六一年四月三十日，鄭成功率領船隊攻擊鹿耳門，一六六二年二月九日荷蘭人投降。」

第一代鄭鐵，七十九歲。

一六六二年底，十九歲的鄭鐵帶領家族來到台南。姓鄭，無法追查他和鄭成功有無血緣關係，說不定遠房親戚。來台灣開當鋪，根據鄭記當鋪其他的記載，是為了協助族人在台灣創業，極可能也為鄭成功的東寧王國調度軍餉與政府開支，因為出入金額的數字不小。

一六八三年施琅攻台，滅了東寧，鄭鐵依然經營當鋪業務，可見清朝未視他為鄭氏餘孽，生意照常做，直到一七二二年死亡。前一年爆發朱一貴事件，鄭鐵的死亡和這場動亂有無關聯，查不到資料。

第二代鄭潰，九十一歲。

鄭鐵死後，兒子鄭潰接手當鋪，那時三十六歲，內地來的移民增多，他生意不錯，說不定靠兩岸間的匯款發財。檢視遺留下的帳簿，每年進出上萬兩白銀，證明當時與內地的生意來往甚密。

鄭記當鋪的興旺從第二代開始，鄭鵬飛電腦內的電子檔古早帳冊上百頁。鄭潰做生意的手段高，客戶包括英國、西班牙的商行。

第三代鄭焱，一百歲。

鄭潰做到七十歲，交棒給兒子鄭焱，鄭記當鋪出現變化。鄭焱是畫家，五十歲接掌當鋪，對生意毫無興趣，鄭記中落了多年，到他八十歲，要當時四十二歲的兒子鄭圭繼承。

值得注意的是，鄭焱擔任朝奉的三十年收了不少典當品，資金不斷流出。掛於今日鄭記當鋪櫃檯後面牆上的兩幅畫是鄭焱留下的，鄭鵬飛總是將外套掛在畫上，小傑照樣，從沒好好看過畫，直到出發來台南，取下背包，看到畫和鄭焱的落款。祖先的水墨畫，一艘小船停在山下，一棵樹的枝葉垂到船頭，船頭坐著位持釣竿戴斗笠的人。

第四代的鄭圭，一百零一歲。

他苦心重振家風，為什麼這麼說，鄭圭活到一八四五年，足足做了朝奉五十九年，而且生意延續到下一代，如果他不努力，鄭記當鋪早倒了。

個性上鄭圭像父親，也收數量不少的典當品，但不像他爸捨不得拍賣流當品，鄭圭捨得賣掉珍品，包括四幅鄭成功老師錢謙益的書法，可見鄭記當鋪和鄭成功家有些關係。

鄭圭之後是第五代鄭鑫根。

疑點出現，第一個疑點，之前鄭家都單名，到了鄭鑫根怎麼改成兩個字的名字？昺法醫認為鄭家具長壽基因，從鄭鐵活到七十九歲，鄭濆九十一歲，鄭焱一百歲，鄭圭一百零一歲可以判定。可是鄭鑫根活了一百六十八年，難以相信。

第二個疑點，鄭鑫根可能活了一百六十八歲？如此長壽的居民，完全不見地方志、野史記載。

第五代鄭鑫根之後理應為第六代，卻一下子跳到第七代鄭原委。幾個可能，第六代出了意外，不願留下家醜。黃師公主張，鄭鑫根無後，當鋪交由異姓經營，不然是贅婿，因此仍叫鄭記當鋪，不納入家譜。

無法解釋的是從鄭鑫根一百六十八歲，忽然減到鄭原委的六十二歲。按鄭氏家族子嗣中斷的假設，長壽基因沒了，回歸尋常？

第三個疑點，第六代到底怎麼回事？鄭原委未對鄭鵬飛說明，鄭鵬飛沒有機會告訴鄭傑生。

第四個疑點，第七代怎麼減壽到六十二歲。

黃師公認為殺害鄭鵬飛不是持刀持槍的凶手，從他死前擺出的陣式，驗證諸葛亮禳星術，躲的是死神或法力強大的詛咒。

假設有詛咒，發生在哪一代，為什麼，誰下的咒？

目前可以假想發生於第五代鄭鑫根時期，所以資料混亂，塗抹嚴重，連他兒子鄭原委也搞不清怎麼回事，這是鄭原委未試圖布陣對抗即死亡的原因吧。

「哇，你家太複雜。」羅曼張著大嘴。

「不會呀，精彩，大家族的詛咒，我喜歡。」張寶琳臉上盡是期待，「然後咧，快點，然後咧。」

「說呀。」智子催促兒子，表情如同再不說，你老母馬上給你巴下去。

「黃師公看我家祖墳門上北斗七星的圖案和元始天尊驅鬼的符咒，照理人死後，帶走恩仇，符咒貼墳頭，對後代壓力太大，風水師不會這麼做，除非鄭家受到詛咒，祖先請了法術高強的道士用禳星術和元始天尊符穩住鄭家基業，不讓詛咒找到這個墓。」

「墓搬遷過。」張寶琳想到。

小傑舉起手機，讓智子看墓園照片，

「黃師公想到的，某一代的祖先為了躲詛咒，刻意搬到永康，請法師作法保庇，集中鄭記當鋪歷代朝奉屍骨，免得敵人的毒咒有可乘之機。」

「你祖父沒葬這裡。」羅曼說。

「我阿公走得太快，沒告訴我爸，我爸也沒告訴我。」

「小傑，你阿公和你爸沒送回祖墳，元始天尊符和北斗七星保護不了你，你是詛咒的——」張寶琳說得條理分明。

「漏洞，死定了。」羅曼補充。

「黃師公沒說詳細，總之我有危險，他要我和張寶琳去壯圍拿張天師符，進祖墳，我媽又帶來鄭記當鋪一兩百年的店章，祕密一定藏在祖墳，你們都要去喔，不怕？」

「大白天有什麼好怕的？」羅曼大聲。

「我師父說十八點十八分進去，陰時陰分。」

「天黑沒？」

「夏天七點才天黑。」

「那怕什麼？」

「破關、進墳，到裡面天就黑了。」

「大家進你家祖墳，誰顧羅蕾？不會又是我？」

「不是。」羅蕾咬字清晰，「我也去。」

「小鬼去個屁。」

「哥哥講髒話。」她恢復奶音。

「妳去只會喊巴肚么。」

「別吵。」智子發出震懾的威武聲音，「小傑，一。寶琳，二。羅曼，三。羅蕾，四。我，五。差兩個，臨行前師公交代，湊足七個人。」

「我們是北斗七星唷，很玄也很炫。」張寶琳拍起手。

「等下，欠兩位。」羅曼又算了一次。

「你忘記算司馬阿伯。」羅蕾用大人的口氣說。

「熊熊忘光，老灰仔到台南的宮廟看朋友，明明該來了。」羅曼手指比六，「看到沒，還是差一位。」

「我叫同學來參一腳。」張寶琳亢奮地說。

小傑想到什麼，取出壯圍天師廟交至他手中的張天師符，

「這是張天師符，據說張天師的魂魄在裡面，威力因此強大。」

「唬爛。」羅曼不接受，「我不是沒見過符咒。」

「真的，你試試看。」

小傑兩手捧著信封放羅曼手掌中央，

「張天師符，重不重？」

羅曼的手往下一沉，信封差點脫手落地。

「裡面裝金塊啊。不可能，沒有我羅曼拿不動的。」

「第一代張道陵天師傳承了六十三代的意念，天師保庇。」

小傑兩手捧回信封，

「七個人了，等司馬老師，羅曼，叩他，六點以前得抵達我家祖墳。」

——**——

他們坐在田埂，司馬居士一人先進樹林在墳前作法，他說明：

「驅逐墓園周圍的遊魂，免得干擾。很多人以為墓地和住家一樣，最好坐南朝北，我看法不同，墓地坐西朝東也錯，尤其台灣，早上陽光充足，晒掉墓園一夜的溼氣，永保後代健康。」

司馬指著遠處的高架道路，

「你家祖墳坐東朝西，快六點，落日光線射進樹林的開口處，照在墳墓的大門。前面高架道路，有如一把利刃切斷從西而來的妖孽。背後是圓丘上的老榕樹，屏障東方來的煞氣。鄭家祖墳採防衛性設計。」

他鞋尖撥開枯草和泥土，露出一塊雕了圖案的圓磚，雕了張牙舞爪的老虎。

「這是白虎，代表西方，其他三個方位必有青龍、玄武、朱雀，稱為四象，統領二十八宿，每一象領七顆星。團團包圍，妖魔厲鬼不敢越雷池一步，令我大開眼界。」

一大片烏雲從西方捲來，後面一層追上前面一層，又追來另一層，無數烏雲匯聚成一大團很快罩住墓地。

司馬一手遮在眉毛上，看向朝他們捲來的濃雲，

「全過來，事情不太對頭。」

所有人跟著智子進入墓園，圍在木門前。

轉眼工夫，四周暗得有如深夜，田間沒有路燈，勉強看到的螢火蟲閃幾下即消失，槍擊中落入田水的直線速度。羅曼嘗試開手機的電筒，被司馬制止，

「統統坐下，不准出聲。」

小傑眼睜睜看著捲著樹葉、樹枝，比黑暗更黑的狂風朝他們所在處襲來，司馬擋在樹林入口處，高高捧起裝滿米粒的大碗，米上插了一炷香，慢慢增加亮度的香頭燒出嫋嫋的煙，煙筆直上升，碰到牆壁似地轉彎，在狂風前構成一堵灰白的煙牆。

牆如流水滾動，奔騰而來的颶風如順流而下的洪水，巨響中撞在煙牆，濺出漫天水花，水與煙糾纏，時不時彈出的水點打在眾人臉上，冰冷的水點令人顫抖。

沒人發出驚叫，來不及驚叫，一切彷彿發生在一秒之內，他們遭電視遙控器按暫停般地呆立。

風停煙滅，稻田回復安靜，黃昏金黃光線射在他們臉上。

「不要動，又來了。」

刺眼的金光，千千萬萬條，他們不得不瞇著眼，天空閃起雷電，一道雷拉出四竄的火焰以彗星速度朝墓園飛來。司馬依然高舉大碗，碗中的米蹦跳不已，米粒上的炷

香噴出紅色火光。撼動大地的雷聲響在耳邊，兩股火撞擊出燃燒的炭塊，各自轉著全身火舌消失於耀眼的空氣中。

「羅曼，你是黃道友的徒弟，過來，捧著這碗米，不可讓香熄滅。」

羅曼繃緊渾身肌肉舉起碗，

「這樣麼？」

「道術，集中所有意志力，意志力沒辦法離開人體，你，集中精神，把你的意志力透過香頭迸射出去。」

羅曼閉眼，嘴皮上下扭動，不知唸什麼咒。

「惡咒威力太強，我們躲進小傑家的祖墳。」

「門打不開。」小傑指毫無動靜的墓門。

「我們打開它。你和她，站到墓門前，其他人按照我指的地方站好。」

司馬推動小傑與張寶琳一前一後貼著站直，兩腿併攏。

「拿出張天師符，舉平兩手。」

他們舉平兩手，像兩個「十」字，小傑右手的張天師符舞動於風中。智子抱著羅蕾不知所措就地站著。

「七星就位，上應天象，下合地理。」

最後一道夕陽光線穿透烏雲，射在他們背部。

小傑難以置信地看見他和張寶琳的人影映在木門反射金光的門框內，呈現「開」字，張天師符脫手而出，輕飄飄蓋住門楣上的元始天尊符。

喀噠一聲，就在門裂出一條細縫時，天色陡然變黑，黑得祖墳施展隱身術般消失於眾人眼前。

司馬唸完咒語，他們看到門縫內射出微弱光線。

解除元始天尊符的禁制令，墓門打開了。

「鄭傑生，你家祖墳，由你領頭進去。」

小傑未加考慮上前推開木門，他喊：

「我是鄭記當鋪第九代繼承人鄭傑生，我進來了。」

墓內居然有盞油燈，燈芯浮在大油缸上，火光於氣流中搖晃不定，許多影子映在牆壁，時暗時明。

不是他的影子，小傑僅一人，沒那麼多影子。

裡面是石塊砌成的圓形墓室，地面鋪了沙與土，非常乾燥，中央排列六具棺木，後面靠牆一排木櫃，裡面裝了書和看不清的其他陪葬物品。

智子他們依序進墓室站在棺木前，聽見各自發出的細微呼吸聲，張寶琳拉小傑衣服，智子抱緊羅蕾，捧米碗的羅曼站門口，米粒上的香已燒光，剩下一截暗紅色香腳。

又一股狂風捲來，羅曼嚇得掉落手中的碗，米散落一地，他的上衣捲到頸部，每一根頭髮朝上豎起，他尖叫：

「疾疾如律令。」

墓門上方的七星符閃出七道光芒射向狂風，羅曼指著天空：

「龍，是龍。」

扭動身軀的巨龍竄入陰暗的風裡，閃電照亮大地，雷聲隆隆響在無數看不清五官的臉孔中。

「龍和他們幹上了。」

司馬朝前一拜低聲呼喊：

「不要看外面，專注。五將祖師令，急往蓬萊境，急召蓬萊仙，火速至神壇，倘或遲延，有違天尊令，唵．哈．哪．咆．吽。」

他起身朝小傑拱手行禮，

「鄭傑生，如你所願，請吧。」

小傑上前兩手移動棺蓋，不動，他用力再推，不動。

「鄭傑生，年輕人視力好，看棺木正面刻了什麼字？」

從左到右，小傑唸著：

「鄭鐵、鄭潢、鄭焱、鄭圭、鄭——」

「鄭什麼?」

「我懂了，原來我整理鄭記當鋪歷任朝奉資料，並沒遺漏第六代，而是，鄭鑫根不是一個人，是鄭鑫和鄭根。鄭根在鄭鑫前面，第五個棺木是鄭根，第六個是鄭鑫，一至六代祖先都在這裡。」

「再想。」

「他們的名字裡面，」小傑的臉快貼到第六具棺木，「鄭鐵的鐵有金，接著是水、火、土、木，到第六個棺材，鄭鑫，是金。」

司馬大聲唸：

「鄭氏六代祖先，合五行相生，循環不息，元始天尊庇佑，從此恩怨兩了，早早超生，不必擔心後代子孫。」

隨著喊聲，蠟燭火心冒得兩三公尺高，火光照亮整間墓室，他們看見一道符在棺木後飄來飄去。

「恩怨兩了!」

司馬快步上前，一手撈住符紙就著燭光看。

「不好，」他喊，「這是藏文，黑苯教的咒術，我沒辦法破解。」

「怎麼辦?」小傑扶著鄭鑫棺木。

西藏在佛教盛行之前，苯教是人民主要信仰，他們的標誌是「卐」，代表永恆止變，佛教、印度教也用。唐朝時的佛教教改成左旋的「卍」，玄奘定其義為「德」，武則天定其音為「萬」。苯教以巫師為中心，拜日月山川，咒術厲害，藏傳佛教稱他們是黑教。

「為什麼是苯教的符咒？」司馬解釋完，對著手中的符喊，「誰懂藏文？」

墓內氣溫陡降，墓外的閃電不時射進來，羅曼僵在門外，飄在半空的僵住，如此狂風，他的衣角不動，豎直的頭髮不動，一聲雷響，閃電打在他原本站立的位置，燒起一捧「山」字形的火焰。

「都不要動，」司馬嘴中吐出白色煙霧，「小傑，我們進了你家祖墳，為什麼要進來，又為什麼非開棺不可？」

小傑看看智子，得到默許，他對司馬居士說：

「我的家族受到詛咒，祖父與父親沒有原因先後死亡，想替他們找出凶手，黃師公說線索應該在我們家譜裡面，可是我爸遺留下的資料有限，只找到當鋪歷代朝奉傳承紀錄。我爸，他的靈魂對我媽說，一定得破解詛咒，否則我也——」

「早死？」

「大概吧。法醫昺叔叔願意幫我與祖先核對ＤＮＡ，查我和我爸我阿公與鄭鐵一族血緣關係，我得帶一塊骨頭回去。」

「詛咒得化解，驗DNA沒用。」

司馬看著櫃子內的書籍與雜物，伸手想拿，手掌被看不見的牆擋住，他一再伸去，一再被擋回。

「小傑，你去。」

「這個。」智子拿出印章。

小傑接過走到櫃子前，無數影子於石壁張開兩手忽長忽短地揮舞，凍得發抖的手捏著印章向前伸，嘴中唸：

「我是鄭傑生，鄭記當鋪第九代，鄭鵬飛兒子，鄭原委孫子，鄭鑫曾孫。」

燭光陡然轉暗，罩住櫃子的黑暗破碎成無數顆粒，為另一層黑暗吞噬。他的手伸過去了。

書、冊子、雜物沒秩序地塞在櫃子內，其中一本紙角下捲的線裝冊子閃著微弱的光，小傑拿起冊子，封皮沒有字，只一個紅色的印：

「這本，什麼書？」司馬問。

小傑急著翻了幾頁，移到蠟燭前。

「我家的家譜。」

墓壁上的影子忽然增加許多，不同形狀的影子，不受室內六人影響的影子。發出呼啦聲的狂風鑽進來，灰沙飛得大家睜不開眼睛。張寶琳忍不住轉頭看外面，她也看到龍，隨著閃電快速飛至墓門前的巨龍罩住羅曼，來不及叫出聲音，她見羅曼摔到地面，羅曼恢復正常了，發出不應該出自他聲帶的尖叫：

「外面，老道，外面。」

司馬衝到墓門，果然外面無數的黑影以無法相信的速度繞圈子旋轉，原來的世界不見了，他們被封在墓園。七星圖案閃出的光線變得晦暗，張天師符快速拍打下襬，眼看要被風捲走。

「大家出去，」司馬拉住幾乎被旋進黑影內的張寶琳，「到墓外坐下，守住祖墳，聽我指示。」

智子腿中坐著羅蕾，羅蕾前面坐著羅曼，司馬坐在樹林入口，身後是張寶琳。司馬高聲唸咒，發出亮光的劍影射進黑影，像與黑暗糾纏的光明。

沒人留意他們少了一位，小傑沒出來。

墓壁上影子凸成立體狀，它們想從石塊中鑽出來，小傑聽到來自空洞世界的呼叫和嘶喊，想起張寶琳騎車時對他說的話，想到消失重量的張天師符，坐在棺木前，他撇開一切沉靜地翻開手中冊子。

什麼也不想，沒有重量。

一頁一頁耐心地看，黑影圍聚前後左右，他看到最後幾頁紅色墨汁寫的字，看到後面署名的鄭鑫二字。

紅字當中最醒目的是陌生的名字，鄭堂，和一旁「卍」的圖形。

——＊＊——

雖然明知沒用，姚巡官還是騎車到了大樓，對玻璃櫃檯後的套裝女孩說他找龍總經理，沒有預約，他是巡官姚重誼。

二十多分鐘後他坐在小龍對面，大辦公室兩面落地窗的百頁簾拉起，中午陽光大剌剌射進屋內和日立冷氣拚個高下，小龍轉著高背椅，兩手交合放在下巴前，

「我退休很多年，告訴我這些是要我向周在福道歉？」

「誤會了，向你求證而已。」

「好，這是我辦過最棘手的案子。周在祿設計燒死代班的胡澄清，沒想到他妻子朱翠霞也在車上，還燒死了其他六名乘客，一時痛苦不堪，上吊自殺。說明他深愛朱翠霞，沒有愛不會爆發深刻得駭人的恨，沒錯？」

「沒錯。」
「周在福的男友羅敏雄是不在場證明，周在福不是凶手，更沒和弟妹朱翠霞搞不倫之戀。搞上朱翠霞的是胡澄清，胡澄清妻子廖巧惠提出的錄音帶證明周在祿是凶手，沒錯？」
「沒錯。」
「周在祿上吊自殺不成，吃了朱翠霞留下的安眠藥，喝了朱翠霞杯內的水，我們誤以為只朱翠霞吃了安眠藥。昏迷狀態的周在祿二次上吊，這次成功了？」
「我的猜測，至少證實周在福不是凶手。」
「你有羅敏雄的自白，周在祿和朱翠霞的錄音帶？」
姚巡官取出錄音機，
「我放給你聽？」
「不必，我沒聽過胡澄清的聲音，沒聽過朱翠霞說話。你向我求證什麼？」
「七年前你到現場，你是第一個？」
「我和管區警員。」
「朱在祿吊在橫梁？」
高背椅轉了方向，椅背對著姚巡官。
高個子祕書推門跨一步進屋，馬上退出去。

高背椅轉回來，小龍兩手的手肘撐在桌面，合十的手掌仍在下巴位置。

「周在祿是否吊在橫梁不影響案情，他上吊死亡，大門鎖著，周在福有一把鑰匙，一個可能，密室殺人，小說裡寫的，我從不信這套。我又想了一遍所有涉案關係人，唯一可能的凶手是周在福，他替朱翠霞報仇。你提供另一可能，周在祿自殺，說服不了我的是，」他目光冷冽，「自．殺．兩．次。」

「小龍，對不起，用你在警界時的綽號叫你。」

「叫小龍親切，你和我曾經同一時代。」

「小龍，如果我能確定造成周在祿死亡的是那條繩子，如你當年寫的結案報告，繩子是直接證據，因為上面驗出周在福指紋。我以為兩道勒痕是兩條繩子造成，經過追查後推翻這個想法，繩子只有一條，也確是直接證據，他吃安眠藥協助自己第二次上吊，成功自殺，因此兩道勒痕。」

他嚥了嚥口水，

「法醫驗屍報告，列舉體內驗出的藥品和酒精，包括安眠藥的苯二氮平類，和朱翠霞服用的相同。問過法醫，苯二氮平類安眠藥不會致死，服用數量大仍足以令人陷入昏迷。如果周在祿意識清醒，第一次上吊不成功，第二次卻成功？我懷疑，畢竟那條橫梁太低，意志稍有鬆動，身體搖兩下腳尖即觸地。」

「所以——」

「他被妻子背叛的悲傷心情擴大了罹患癌症的絕望，妻子死在他破壞的公車上，開公車的胡澄清是她姘頭，一下子壓垮周在祿，死亡欲望強烈，第一次上吊沒成功，再上吊一次，死了，因而兩道頸紋不同。」

「死亡欲望強烈？姚重誼，你我老刑警，聽過見過不少自殺場面，記不記得看守所毛巾自殺案？」

「你說，我也許想得起來。」

「殺人嫌疑犯關在看守所獨居室，沒有皮帶、鞋帶，但有條毛巾，他把毛巾拴在馬桶旁的水管，頭伸進毛巾圈，跪著絞死自己。」

「想起來。」

「那年我是菜鳥，跟老鳥進現場，我了解求死欲望可以強到什麼地步。你還是想知道我破門進現場所看到的周在祿？有了這項證據，你替周在福翻案，毀了老倪前程？周在祿是凶手，死了；周在福不是凶手，也死了。」

「我答應了周在福。蒐集證據，我交給倪大隊長，是他指示我重新調查此案，因為出現新證人羅敏雄，進而追出朱翠霞外遇對象，從胡澄清遺孀手中拿到錄音帶。新的證據。」

「和周在祿的死亡現場有什麼關係？」

「他自殺的直接證據，也就更證明周在福不是凶手。還有，小龍，這個案件便蒐證完全了。」

小龍發出笑聲，

「我無所謂，退休久了，警政署補我一條大過？我說現場吧，接到通知和管區衝進周在祿家。屍體吊在氣窗橫梁下，地面一灘屎尿。管區個子高，總有一九〇吧，立刻抱下屍體，測了脈搏，做了急救，無效。我打電話通知勤務中心，並走了周家一圈，沙發靠背的墊子掉在地板，一隻拖鞋，打翻的菸灰缸，沙發下散了一地菸屁股，我轉頭看屍體，周在祿腳上少了一隻拖鞋，記得是左腳。我馬上再叩勤務中心，疑似謀殺案，請通知市刑大。」

「你判定周在祿死前和人扭打？」

「驗屍報告，他右額頭一塊瘀青，外力造成。你看漏了？」

「報告上寫疑似外力造成。」

「姚重誼，你真是咬著骨頭不放的老狗，想升官？誰碰上你誰倒楣。別升官了，想不想退休，到我公司，每家企業的內部調查需要你這種人。」

「謝了，暫時沒有退休念頭。」

「決定退了，給我電話，你只要說是姚重誼，保證馬上接到我這裡。」

他退進高背椅內，轉了幾下，

「你關心周在祿脖子上的兩道勒痕，專案小組判定先被勒斃，再吊進繩圈。你卻認為周在祿自殺兩次，我偏執還是你受錄音帶影響太大？你覺得錄音帶比周在福擁有周在祿家的鑰匙更重要？」

「周在福個子不高，一七一，抱周在祿吊進綁在橫梁上的繩圈，得搬椅子。」

「對，那把餐桌椅倒在梁下。」小龍又笑，「你一定說自殺也得踩椅子，周在祿和周在福身高差不多。」

「椅子上有誰的鞋印？」

「你呀，我投降了，鑑識中心的人員變動不大，我記得七年前的隊長兩年前調刑事警察局，你問他。我想新北市刑大也留當年的詳細現場報告，你再好好看一次。」

「你忘了？」

「看，把我當成嫌犯。姚重誼，現場混亂，到處是周在福指紋，周在祿家鑰匙在周在福那裡，別懷疑我的人格。至於你找到周在福的不在場證明和朱翠霞外遇對象，可不可信是一回事，至少周在福七年前為什麼不叫他男朋友出庭作證？胡澄清老婆聽了錄音帶，為什麼不送給警方？人，槍斃了，你窮追不捨，依我看，要不是我曾經得罪過你，就是你看倪老大不爽，拿個三審定讞的案子非搞臭我、搞垮老倪。否則，你想升官？」

「小龍，我小小巡官不可能一下子跳成分局長，絕不是故意修理你。等下我對老倪交代明白，要不要向檢察總長提出非常上訴，由他決定。」

「你捅出個麻煩丟給老倪，說得過去？」

不知如何往下聊，尷尬時間，小龍仰頭看冷氣機，姚巡官低頭看鞋頭。

「拍謝，我講話態度太咄咄逼人，發現新的證據，我興奮過頭。」

「沒事，以前我也這樣。我認定周在福殺人，老倪一再挑我證據的漏洞，我拍桌子丟下服務證回家吃自己。如果周在福未涉案，他為什麼不吭聲，殺人案，八條人命，屁股想也知道逃不了唯一死刑，居然不吭聲。」

「老倪回拍桌子？」

小龍肩膀放鬆了，

「還我服務證請我吃牛肉麵，半筋半肉，麵店老闆替他冰了兩個杯子，冰杯子喝冰啤酒。吃過那家？」

「他帶我吃另外一家，牛肉燴飯。」

「當小刑警十多年的回憶，破案後小小的成就感能回味到我老吧。」

「你覺得我找到新的證據，翻案能成功嗎？」

「難，死者家屬未提出非常上訴，檢察官不想惹麻煩。姚重誼，你浪費我不少時間，能不能告訴我為什麼非翻舊案不可？」

「說了怕你不信。」

「你不說我怎麼信？」

這次小龍送他到一樓大門，已經揮手告別，又回頭叫住姚巡官：

「鬼扯。姚重誼，這是我聽過想升官的最他媽鬼扯理由。」

姚巡官左手三指擺在右手三指上，對小龍推去。

沒掌風，沒聽到雷鳴。

「你幹麼？」

「刀山訣，眾鬼讓路。」

「被打敗。問個究竟，你以為沒直接證據不能破案？」

問倒了姚巡官，悶一陣子，人來人往，嫌他擋路，不少人翻白眼。終於回答：

「我處女座的，喜歡圓滿。」

小龍上前捶了姚巡官一拳，

「退休來我公司，看看圓滿能不能創造業績。」

——＊＊——

眨眼工夫，無預警地嘩啦落下豪大雨，淋得坐於墓外的人個個溼透。雨珠彈丸大小，夾著泥水、蚯蚓、樹葉，還有細長蜷曲的海草。司馬兩手揑訣立定腳跟，站在其他人前面。又一陣斜射而來的驟雨，夾了碎石，司馬護住頭大喊：

「退進墓穴，快。」

他扶起智子接過羅蕾，等所有人進去，一腳勾住木門，砰，關上了，不再風雨，他才想到，木門沒有鑰匙孔，該如何打開門出去？

沒空思考這些，墓內飄浮有如果凍的黑影包住小傑，他正想唸咒，卻見小傑揮著手中家譜在黑影內跳動，好幾團黑影纏住他四肢。

「眾鬼讓路，急急如律令。」司馬右手併起食指與中指，左手揑訣大喊，「雷部周元帥、溫元帥、殷元帥、趙元帥、馬元帥聽旨，至陽至剛，祛穢除邪。」

轟隆巨響，如強烈地震，大地撼動，所有人站不穩腳步，唯智子兩手十指交握，揑蓮花訣，她護著羅蕾與張寶琳，黑暗陰影在她們身前身後滾動，就是無法近身。

小傑高舉家譜的手伸出黑暗，

「鄭堂。」他抬頭對圓形墓頂喊：「你認識鄭圭，認識鄭根與鄭鑫，我是他們後代的鄭傑生，你認得出我。」

黑影急速膨脹，像一個大黑球。

「你怨鄭圭不分財產，下惡咒，我是鄭圭後代，鄭記當鋪繼承人，有種找我。」

黑球分裂成許多尖銳的箭頭圍住小傑。黑暗中傳來蒼老得令人打心底發涼的聲音：

還我，還我孫女。

「你的孫女不是鄭圭殺的，」小傑走出黑灰煙霧，「證據在這裡，快向鄭鐵歷代道歉，否則我代表鄭氏一族永遠不原諒你，咒你永世不得翻身。」

雷電閃在墓穴中，灰沙逆時針旋轉，家譜幾乎被吹走，小傑兩手抓住書隨漩渦般的氣流飛離地面。

「你向鄭圭要求分家不成，孫女鄭蓉失蹤，自作孽，竟然怪鄭圭，快道歉。」小傑在空中手舞足蹈。

「快道歉，不要臉的屁蛋，恁伯踹破你卵蛋。」

在眾人驚訝叫聲之中，羅曼捧著米碗衝進漩渦，不知何時他點亮另一炷香，火光竄進塵霧，星火愈燒愈烈，燒出米碗噴出的烈火，火裡一條閃著刺眼光線的龍纏在香腳。

「羅曼，不要來。」小傑嘶吼。

「恁爸卡好。」

說著，羅曼在風中旋轉，灑出帶著火焰的一片金光，火焰隨風繞在智子、羅蕾、張寶琳與司馬周圍和黑灰影子糾纏。

「鄭堂，你下的誓，找不回鄭蓉，鄭圭一族永世逃不開詛咒，鄭蓉就在你眼前，羅蕾，站出來。看到沒，你心胸狹窄，冤枉鄭圭，看到沒，你的孫女鄭蓉！」

砰一聲巨響，塵霧不見了，灰沙落到地面彷彿從未飛揚過，黑色影子被石壁吸回，墓穴內安靜得只聽得見羅蕾踩在泥沙的腳步聲。

羅蕾一腳穿繡花鞋，赤一隻白胖小腳踩出一步接一步，走到鄭圭棺墓前。

摔落下來的小傑與羅曼先後爬起身，羅曼抱住羅蕾，小傑舉著家譜擋在羅蕾面前。

「認識鄭蓉吧，認識她腳上的繡花鞋吧。」

羅曼舉起羅蕾。

黑影從墓頂如鐘乳石般下垂，以極緩慢速度垂至羅蕾面前。

「為什麼丟下我。」

不是羅蕾的聲音，卻從羅蕾嘴裡說出。

沒人敢動，因為他們看到羅蕾的臉孔變成枯乾的老婆婆。

「幸好他們收留我，阿公，你自己回家不管我。」

老婆婆的頭脹得很大，黑影往上退，快退回墓頂的石塊裡。

「哥，燙他。」羅蕾的乳音，她的臉變回小女孩。

「燙死老灰仔，把恁怕當肖仔。」羅曼手中只剩空碗和那炷香，香頭刺向黑影。

一陣亮光照得墓穴每塊石壁如鏡子，驚叫聲裡所有人遮住眼，轟隆，有如大地向下墜落，他們飄在半空，再重重摔下，摔得人事不知。

小傑手裡仍握著家譜，羅曼手中的炷香燒得只剩香腳，不過他仍抱著羅蕾。司馬站他們面前，灰白長髮隨風飄動，一手扶一個女人，陽光透過樹葉間隙射至蒼白削瘦的臉孔。

「我在哪裡？」羅曼問。

「天亮嘍。」小傑問。

「哥哥抱我。」羅蕾叫。

「抱啦，沒看我抱得兩隻手快斷掉，妳這個查某揪歹處理。」羅曼扔了香腳舉起羅蕾，於是他們也被陽光罩住。

智子像睡醒，兩手抹了抹臉，

「小傑呢？」

「寶琳咧？」小傑問。

他們走出樹林，外面的農田照樣翠綠，田水潺潺流動，青蛙叫了幾聲，一輛小貨卡駛過不遠處的小路。早上了，墓穴的木門關著，鐵門關著，連兩邊的竹子好像彎的幅度更大，鋒利葉片遮住入口處。

「有誰受傷沒？」司馬問。

智子拍衣服，落下厚厚一堆黃沙。張寶琳甩著短髮，智子上前揭下纏張寶琳衣領的張天師符。

「小傑，說。」智子發布令人無法抗拒的命令。

事情發生在鄭記當鋪第四代朝奉鄭圭時期，他生於一七四四年，一七八六年接掌當鋪，這年發生天地會的林爽文武裝抗清事件。到十八世紀末，乾隆澈底開放移民，台灣的開發從台南發展至彰化、台中，鹿港成為大商港。鄭圭把握時代轉變的契機，將業務推至台灣中部，鄭記當鋪開出的銀票等同現金，店內擠滿應接不暇的客人。

鄭堂來自泉州，從家譜的資料，是鄭圭同為「土」字輩的堂兄弟，但鄭圭從未見過鄭堂。

那時移民來台的人多，漳州、泉州人無不沾親帶故，鄭圭承繼鄭鐵幫助族人的家訓，對鄭堂一家頗多照顧，不料鄭堂自以為當年他曾祖曾資助鄭鐵來台創設當鋪，要求分配股權，第三代鄭焱不同意，要他拿出證據，兩邊鬧得很不愉快。

鄭焱當時年紀很大，受不得氣，見鄭堂態度不佳，氣得生病，接任朝奉的鄭圭見到鄭堂又來鬧事，當場把他趕出去。

那天鄭堂帶著心愛的孫女鄭蓉一起去鄭記當鋪討公道，回家後找不到鄭蓉，認定鄭圭綁架了孫女，他是黑苯教的巫師，本來法術高強，趕去鄭記當鋪要鄭圭交出孫女，一言不合，即對鄭記當鋪下了詛咒。

「羅蕾是鄭蓉？」智子嚇得臉色發白。

「我本來不確定，想到她的繡花鞋，恍然大悟。」小傑撿起落於田埂的小鞋子，「媽，妳看，這裡的繡花。」

「蝴蝶。」羅曼搶去看。

「再仔細看。」

羅曼看了又看，遞給司馬，

「阿伯，你看，蝴蝶對不對。」

司馬湊著陽光看了好一會兒，他展開難得的笑顏，

「各位，真相大白，繡花鞋上面繡的不是蝴蝶，是用很多顏色的線，繡出的卍，苯教符號，發音為萬，意思是吉祥，世界上最古老的符號之一，總有五千年歷史了吧，來自印度。」

「不是蝴蝶？」羅曼搶回鞋子左看右看。

「你妹，」司馬摸著智子懷中羅蕾的頭，「帶來吉祥。」

「她怎麼到鄭家保險箱？」智子心情平靜了。

「小傑，你說。」司馬兩道白眉下透出溫暖的眼神。

憤怒的鄭堂要鄭圭交出鄭蓉，可鄭圭根本不知鄭蓉在哪裡。猜測鄭蓉留在當鋪玩，因為當鋪裡的東西多，對小孩來說，都是沒見過的好玩東西，忘了隨鄭堂回去，鄭堂又因為和鄭圭吵架，忘記了孫女。

鄭堂對鄭記當鋪下的詛咒非常惡毒，要鄭記一代不如一代，凌遲處決鄭鐵後人，除非交出鄭蓉。鄭圭找遍台灣、福建著名的法師解咒，沒人解得開。

至於鄭蓉，當她祖父鄭堂對鄭記當鋪下咒時，她跑出來了，鄭堂沒見到，咒語將小鄭蓉捲進去，一併鎖進鄭記當鋪。

鄭圭仍長壽，當鋪生意也更旺，不再把鄭堂的詛咒放在心裡，他兒子鄭根看在眼裡，詢問各地法師，明白黑苯教咒語的厲害，父親死後，當鋪生意一落千丈，想到鄭堂下的咒是「一代不如一代」，豈不應在自己身上。終找到一位法術高深的道士解難，得到的答案是沒辦法破解咒語，倒是有幾個方法可以防衛，例如改名、搬家。

鄭根莫名原因倒在床上起不來，心知詛咒上身，為保護兒子鄭鑫，搬了幾次家，並將兒子改名為鄭鑫根，想躲開詛咒。之所以將鑫放在根前面，也是希望至少詛咒誤以為鄭鑫在前，身為父親的鄭根寧可當「一代不如一代」的下一代。

因為鄭根與鄭鑫合計活了一百六十八年，按詛咒「一代不如一代」的推算，鄭根至多活到九十歲，鄭鑫活到七十歲多。

「家譜記錄到鄭根與鄭鑫，我阿公鄭原委一九七八年接當鋪，那時二十五歲，說不定聽他爸說過，不當一回事，死前醒悟詛咒恐怕是真的，告訴了我爸，要他當心任何稱為堂叔堂伯的客人，凡自稱鄭家長輩進鄭記當鋪大門，一律送上禮金，以化解鄭堂的恨意。沒想到我爸仍逃不過，這是他死前擺禳星術陣式，又沒擺完全的原因。」

他接手抱起羅蕾，

「妳能告訴我究竟發生什麼事嗎？我講的對不對？妳是鄭堂陷害鄭記當鋪的直接證據，辛苦啦。」

羅蕾搖兩隻白胖小手掌，

「小傑哥哥，人家肚子餓。」

大家都餓了。

羅曼歪頭看羅蕾，

「她在你家保險箱活了多久？」

「兩百年吧。」

「靠，年紀這麼大還要我養。小傑，羅蕾是鄭蓉，你的長輩，你得叫她什麼？」

「太堂祖母。」司馬解答。

「太棒，羅蕾是太祖母，是我妹，我是你什麼？」

「你還是我兄弟。」

「我們討論歷史，不是交情，從倫理來說，我是你什麼？」
「你還是我兄弟。」
「逃避現實？」
智子上前朝羅曼後背拍了一記大巴掌，
「神經病，你是小傑兄弟，鄭蓉是小傑太堂祖母，鄭蓉就是你的——」
「祖嬤。」張寶琳說，「我不會算輩分，反正是羅曼的祖嬤。」
「這樣喲，如果我不當小傑兄弟。」
「你不當小傑兄弟的話，」張寶琳義正辭嚴地回答，「鄭蓉是小傑祖嬤，羅蕾照樣你妹妹，我們眼裡，你是個見名忘義的屁蛋。」
小傑站三七步，抖右腳，歪起嘴問羅曼：
「不當我兄弟？」
「人家肚子餓。」羅蕾再喊。
羅曼嘆氣：
「你祖嬤卡好。」

第八章

狗曲折的直接證據

小虎出頭了

公元前十七至前十一世紀的商朝，在甲骨文中創造了鬼這個字，「人死為鬼」，《說文解字》這麼為鬼下定義。

由圖形推理，鬼是戴著大面具的巫師，由巫師表演鬼驚嚇活人，後來的小篆略做修改，鬼這個字由象形而會意，例如下半段像極了日本漫畫裡的鬼火，更加曲折。

——**——

全部照舊，小傑雖不知照舊是什麼，他期待，因為姚巡官叩他來時語氣強烈，不容懷疑：

「倪大隊長請吃飯，保證好吃。記得我提過，帶話給你爸的周在福？」
「火燒公車案的凶手，被槍斃了。」
「我答應替他查清到底凶手是誰，查清了，上午去靈骨塔對他說了，他聽到沒，我是個小警察，沒你黃師公本事大，假裝他收到。」
「凶手不是周在福？」
「吃飯，到時聽倪大隊長說。」

這是小傑坐老倪對面的原因，一進店被倪大隊長看到：
「小傑，坐這裡。」
滿臉笑容的老闆娘過來，彎身看小傑，
「大隊長請小帥哥吃飯，我們三種套餐。」
老倪攔下菜單，
「照舊，小傑的大份，加料加飯，加價。」
姚巡官到了，站在冷氣口下拉衣領往裡面灌冷氣直呼熱。
「啤酒，小傑，可樂。」老倪習慣不容挑戰的肯定句。
「從哪裡開始？」姚巡官坐下。
「你的證據。」

「請長官明示。」

「不必長官，喝一口啤酒，拿出你的證據。」

小傑瞇瞇眼皮，他喜歡聽大人講的故事。

茶杯上的指紋。

七年前驗出上面有朱翠霞與周在祿的指紋，專案小組專注於朱翠霞，他們夫妻多年，茶杯上有周在祿的指紋不奇怪。

茶杯一組兩個，某大建設公司贈品，一個畫了盛開的櫻花，一個是淡綠的竹子，想當然耳，櫻花杯是朱翠霞用的。

當時刑警拍下現場，沒畫竹子的杯子，廚房的照片也沒有，倒是櫥櫃下層的紙盒內裝從未用過的一組杯子。推想周家從建設公司那裡得到兩組杯子，用了一組，至於用了的這一組為何找不到竹子的？要不早被誰打破，要不除了未用的一組，建設公司另送一個杯子而已。刑警、檢察官未提出疑問，杯子在案中不具證物效果，沒人在意。

同時驗了櫻花杯的ＤＮＡ，沒驗出來，因此杯子對刑案的意義只在朱翠霞的指紋與其中殘餘水滴裡的安眠藥含量。

藥罐上的指紋。

至少五組不同的指紋，包括朱翠霞與周在祿的。

接受警方調查的醫院副院長表示，確是該院處方箋用藥的包裝，上面許多雜亂的指紋也就可能是院方經手人員留下的。住院部備有此藥，有些病人夜晚睡不著，護理師經醫生處方即提供。

為何不用注射液，不是一般都如此處理？副院長表示，精神官能症病人未必打點滴，便用顆粒藥丸。

他再三強調下藥分量絕對不至於對人體造成傷害。近年來防止安眠藥用於自殺，苯二氮平類屬於安全性較高的安眠藥。

護理師自行取用安眠藥呢？副院長的回答模糊，筆錄上寫：

醫護人員工作辛苦，有的不易入眠。

專案小組在意的是藥罐上的周在祿指紋，客運公司同事大多表示從未聽周在祿提過他有睡眠問題。周在祿好酒，喝酒的人很少靠安眠藥入眠。

周在祿未有身心科就診紀錄，未領用過安眠藥，從而判定安眠藥是朱翠霞的。

上吊繩子的指紋與DNA。

檢驗登山繩，驗出周在祿、周在福、朱翠霞的指紋，還驗出皮膚碎片，DNA顯示為周在祿的。

周在祿究竟上吊自殺還是被周在福勒斃後吊進繩圈，無法判定，不過繩子上有周在福指紋，逃不開嫌疑。

倪大隊長請鑑識中心再驗死者脖子兩道勒痕是否出自同一繩子，七年前與如今的檢驗設備不可同日而語，高倍顯微鏡、DNA檢測等等，由繩子紋路判斷，屬於同一根繩子。屍體的第一道血紅勒痕滲出血，沾在繩子上，第二道勒痕也驗出些微血液，都屬於周在祿。

專案小組當年判斷周在福以這根繩子勒死周在祿，再用同一繩子製造周在祿上吊自殺，理論成立，否則如何解釋周在祿上吊自殺兩次。

姚重誼提出新的懷疑，周在祿於服藥後呈現半昏迷再次上吊，不是不可能，卻無法推翻周在福殺人的原判。

胡澄清妻子的錄音帶。

廖巧惠認定錄音帶中男性聲音是其夫胡澄清，朱翠霞家人亦認可女性聲音出自朱翠霞。這項新證物證明胡澄清與朱翠霞存在不正常的男女關係，不能證明朱翠霞沒和其他男性發生同樣關係。

若周在福提出的不在場證明為法院採納，廖巧惠提供的錄音帶具輔助效果，周在福不在場的可信度大增。

為此，警方調出七年前出事公車監視器拍下的畫面，雖經大火，錄下影像清楚，朱翠霞登車時曾和司機胡澄清講過幾句話，從胡澄清的手勢，他請朱翠霞到乘客席坐妥，證明兩人熟識，不過胡澄清和朱翠霞丈夫周在祿是同事，認識同事妻子很尋常。

根據以上多項證據，確有機會排除周在福殺害其弟周在祿的可能，破壞公車造成八人死亡這部分，原來證人與證據指向周在福可能因恨而破壞公車油管與剎車，可因周在福未殺周在祿而重新檢視。

專案小組當初認定周在福為火燒公車案與周在祿命案的凶手，主要因為證人認定周在福是朱翠霞的姘頭，引發周在祿殺妻的動機。姚重誼的主張則為周在祿明知其妻外遇對象並非周在福，而是同事胡澄清，乃設計胡澄清駕駛死亡公車，不料朱翠霞也在車上。

亦即姚重誼推翻的是周在福既和周在祿不存在因朱翠霞引發的仇恨，自然無殺害朱翠霞與周在祿的動機。

「飯好吃吧？」老倪以慈愛的眼神看小傑。

「嗯。」

「邊吃邊聽兩名不信鬼神的老警察談論絕無鬼神的命案，你聽明白了？」

「我媽和骉法醫說過，聽得明白。」

「好。」老倪對老闆娘招手，「麻煩，發育中的男生會吃，加大的還不夠，再來一份豬排還是炸蝦的，我和小姚再要兩瓶啤酒。」

沒給小傑考慮機會。

「馬上來。」老闆娘收走小傑吃得看上去不用洗的盤子。

老倪指頭指向姚巡官，

「你說。」

「我都說了，大隊長，見你之前我還對小龍說過，小龍擔心影響你升官機會，萬一發展成那樣，你別朝我背後打黑槍。」

「啐，我的案子我收拾，你反正在警界不討人喜歡，我被你牽連記過升不成官什麼的，其他人光給你冷臉看，夠嚇得你半夜起床尿五六次。嘿，又有小傑在這裡，他是證人。」

「原來你們請我吃飯是為了——」

「為了你的營養。小姚，說。」

第一個關鍵，周在福是不是凶手。

如果周在福男友羅敏雄願意作證，基於周在福並非朱翠霞外遇對象，排除殺周在祿的動機，羅敏雄的證詞可以請法官採納。

周在福曾受朱翠霞所託，與周在祿調解夫妻不和的事，周在祿不接受，兄弟為此反目，周在福嫌煩，不再接朱翠霞的電話，刪去兩人通聯的文字，可以理解。有朱翠霞與胡澄清外遇錄音帶為證，當初警方懷疑周在福刪去兩人通聯為消滅證據的理由，不再存在。

被視為凶器的登山繩確出自周在福，但他明言繩子是綁舊衣服送去弟弟家給朱翠霞，不足以認定周在福用繩子勒死周在祿。

爭奪財產的疑慮，周在祿的老公寓原本不值多少錢，周在福不能一人獨得，尚有屏東的周在壽有資格繼承。周在祿沒什麼存款，死後的保險賠償金也沒多少，老公寓發生自殺案，房仲業者稱為凶宅，比鄰近房屋的出售價格要低三至五成，且不容易賣出去。

所以為錢，周在福殺周在祿的動機薄弱。

第二個關鍵，誰是凶手。

周在祿得知朱翠霞的姘頭是同事胡澄清，憤怒之情可想而知。情殺足以作為殺人動機。

周在祿懂汽車構造，又是司機，利用機會破壞油管與剎車應可列為搜查範圍，以看診為由請假，為自己設定不在場證明，他也知道代班的是胡澄清，所以火燒公車原本目的是殺胡澄清，周在祿毫不考慮車上其他乘客，罪大惡極。

證實胡澄清外遇對象為朱翠霞，這是周在祿破壞公車殺害八人的動機。

推翻本案凶手為周在福的直接證據，當為胡澄清妻子廖巧惠提供的錄音帶，周在福根本與本案無關。

案發後周在祿得知妻子朱翠霞也在車上，死者之一，痛苦與悔恨令他精神失控，家中正好有繩子，乃上吊自殺。

繩子綁在氣窗橫梁，距離地面很近，不易造成頸椎斷裂而喪失知覺，驗屍已證明他死於窒息而非頸椎斷裂，所以他可能下意識掙扎，這是形成第一條血紅勒痕的原因。

未死成，周在祿依然無法平復情緒，看到桌面朱翠霞留下的安眠藥罐，便吞下裡面所有藥丸，且因朱翠霞杯子在桌上，就喝了她杯中的水。

服用安眠藥而精神迷茫，他再次上吊，已不再掙扎，這是第二條勒痕顏色淡的原因。

由此研判，周在祿於製造火燒公車案後，服藥再上吊自殺。

詢問過當年負責鑑識的相關同事，現場確有一把餐桌椅，最初視為周在祿上吊輔助物，當轉變為周在福殺人案，未對那把椅子能否承擔兩人重量再行鑑定。因而就證物而言，以上證實周在祿自殺，無法證實周在福謀殺。

「你覺得可以提起非常上訴，重啟調查為周在福洗刷清白？」

「長官，我的研判基礎來自羅敏雄的證詞，相信他，在他之前，我先相信周在福。這叫，長官，你懂。」

「主觀影響無罪推定。」

「是。」

「繩子不是你主張的直接證據？」

「不理其他證據，假設我們只有那根繩子，上面三人指紋，朱翠霞已死，不可能勒死老公周在祿，剩下周在福與周在祿，周在福有不在場證人，繩子便是周在祿自殺的直接證據。還有一項待查，周在祿屍體內安眠藥成分高嗎？」

「調查報告上寫得清楚，驗出高濃度酒精，還有安非他命、大麻、MDMA，」老倪看了小傑一眼，「就是搖頭丸。」

「安眠藥呢？」

「的確高，不過當時研判安眠藥與他死亡無關，他上吊窒息死亡。」
「發現凶器的登山繩上有周在福指紋，警方立場就決定了。」
「好，我和檢察官商量能不能提起非常上訴。」
「為已執行死刑的死刑犯提非常上訴，以前沒有過。」
「總得有個開始。」
「對大隊長，恐怕影響大。」
「我？小姚，有時我羨慕你，一旦不想升官，未來的出路豁然開朗。」
「我有什麼出路？」
「進保全公司、徵信社，聽說你愛做木工，現在木工值錢。自由自在，不必成天擔心被老百姓告擾民、使用警力過當，不必被臨檢車輛伸出一把槍朝你轟他媽兩顆花生米。」
老闆娘送來布丁，老倪將他的推到小傑面前，
「發育中的，多吃點。」
「我不能再發育了，已經十七歲。」
「我發育到二十二歲。」
小傑吃得下兩份布丁，他可以吃三份，姚巡官已經吃了第三份，那，算了。

「小傑，今天叫你來吃飯，讓你聽一堆案情，不是引誘你報考警察大學，這位周在福先生，小姚，怎麼說。」

「守信，他帶話給你爸。」

「雖然我們不信黃師公那套。」

「那你們信什麼？」

姚巡官回答：

「我們信天理昭彰，報應不爽的基礎是司法公正。」

「好教科書。」小傑表達他受不了天理昭彰的理論。

「十七歲？以前說叛逆，如今呀，你們當兒子除了成天嗆老爸老媽，還會什麼。」

「我只是直覺反應。」

老倪想再說，不過看到姚重誼眨的眼睛。

他們沒再聊下去，老闆娘的弟弟來了。

染一撮金髮的男子滿臉不高興倚著櫃檯，

「姊，找我做什麼？」

老闆娘笑嘻嘻過來，

「向你辭職。」

「妳不做了？」

「做到月底。」

「妳怎麼可以不做，我這家店怎麼辦，爸留下的店，妳丟下不管？」

「因為你是我弟弟，我才做到月底，要賣要找廚師，你老闆，你看著辦。」

老闆娘掉頭回廚房，弟弟追去。

「她不做了？」

「對呀。」

「大隊長，你已經知道？」

「做牛做馬，成天受弟弟的氣，不值。我介紹她去一家不錯的餐廳，拿的錢比這裡多，有假期和勞健保。」

「你介紹？」

「別用你齷齪的念頭定我的罪，一點你想的意思也沒，無罪推定。我愛老婆，千歲宮的千歲爺作證。小姚，我想通了，能幫人的地方不該吝嗇。我們警察，認識的人多，我如今是市刑大的大隊長，很多人即使不願巴結我，起碼不想得罪我，既然斷了升官念頭，事情好辦，撥個電話，三家餐廳老闆願意用她，從待遇和前途，挑了一家，她高興得很。欸，我決定，今天起利用職權多做幫人的事，自己開心。升不升官，去他媽的。」

老倪看小傑，

「我說髒話了？」

小傑搖頭，

「沒聽到。」

姚重誼聽到，

「聽不懂。」

老倪一手抹了嘴，一手抓啤酒杯，

「工作態度分三種，盡全力工作，拚老命工作，一絲不苟凡事為公。不少人不這麼想，能混且混，反正努力不見得升官，混得不出錯，照樣到時間領退休俸。兩者間還有一種，盡量不耽誤工作，可是不忘利用工作廣結善緣。你是第一種，追根究柢，看來屆齡退休，沒人記得你。如果你改變一下，不得罪我，討好小龍，你看，沒人怪你工作不努力，退休了小龍幫你弄個薪水不差的工作，我呢，撥電話給銀行，你們夜間保全缺人麼。嫌夜間保全累人？好，我撥給大稻埕在地角頭的魯肉，喂，魯肉大仔，你不是有家老人茶室，我介紹個店長給你。」

「長官叫我別追究周在福的事？我答應他了。」

「沒叫你放水，只是強調你他媽是第一種人，有的長官遇到你，高興，有的，嫌你礙手礙腳。」

「我該怎麼辦？」

「不怎麼辦，順你個性去做，人過四十不必改變個性，學會認命。不後悔，五十歲以後過得沒負擔。」

「長官會要求檢察官重啟調查？」

「當然，我認命了，所以呀，我挺快樂。」

離開咖啡館，姚巡官送小傑回去，他問：

「今天聽出什麼心得？」

「好吃，愛死布丁。」

「小滑頭。決定去日本？」

「會想念布丁。」

——＊＊——

從未如此費力打掃房子，學媽的次序，掃地、吸塵、拖地，櫃子、架子一一擦過，只祖師爺像不敢擦，怕把顏色擦掉，神明少了威嚴。

小虎陪著，3D立體地陪，五分鐘前倒懸在天花，五分鐘後攀在丙排櫃子上。

「小虎，以後你看店，認真喲，看到不該進來的，裝成大蜥蜴嚇他們。」

他的手指滑過一整排櫃子的門，

「你們都要乖乖，三個規定，鄭記當鋪下任朝奉鄭傑生的新規定，不准離開地下室、不准自暴自棄，凡事聽小虎的。」

櫃子安靜得能聽到小虎打噴嚏。

「不回答？你們裝不存在？等下叫我媽來。」

不管木頭還是金屬的保險箱門快速掀動。

「在我家當鋪幸福唄，沒有隨便賣掉你們賺現金，贖當的人必須經過我縝密考核，經祖師爺認證，哪家當鋪有我鄭記細心。小虎說話你們要聽，換成我媽，全部剁了當不可回收垃圾。」

櫃子門三三兩兩碰擊出聲音。

「有人不爽，叛逆期是不是？羅曼說叛逆期後面是倒楣期，被老媽狠扁的倒楣期。」

幾扇打開的門無聲地闔攏。

「沒有啦，開玩笑的，小虎休假好幾天，聽說我要走了，趕回來志願代理店長，幫你們清除蚊子、小蟲，這麼大一間房子，他一天巡好幾遍，任勞任怨。」

小傑站到祖師爺前，面對五排櫃子，

「三項規矩是為你們著想，咦，我講話像我媽咧，我爸會說，哎，你百分之八十像你媽。」

手中抹布抹了手邊保險箱的門，

「當然會回來，當不當你們老闆還沒決定，我十七歲，等十八歲再想，張天師符給我的啟示，想太多，太重。」

小傑一鞠躬，

「尊敬祖師爺，把小虎當兄弟。」

他走到樓梯口關了總開關，室內一下子暗了，不是黑，是暗，看得見幾十團灰濛濛的影子飄在走道間。

當他走向一樓，感受到無聲的、無風的、無空氣的冰涼氣體在身前身後跳動。

拉上塑膠地板，關了電腦，偉士牌機車的大燈閃了幾下，吊著的金屬鑰匙悄悄晃動，嗶，門鈴響，羅曼到了。

羅曼穿吊嘎站三七步，嘴角咬冰棒棍，後面的張寶琳抱睡著的羅蕾。看上去胖嘟嘟，抱過人知道，她一點也不重。

「不通知我，自己來，不念兄弟情嘍。」羅曼譙。

圓框鄭發出叩叩兩聲。

「張寶琳，這是我哥，圓框鄭。哥，寶琳啦。」

又是叩叩。

「圓框鄭，你帥耶，誰刻的字，還好不是篆體。」

「篆體怎樣？」

「看沒有，以為這裡賣剉冰。」

圓框鄭扭曲成三角形。

「剉冰掛日本的布簾，他哥是原木切下來，沒看到年輪，幾百歲咧，青瞑！」羅曼跳起來想灌圓框鄭的籃，被閃過。

圓框鄭不喜歡別人討論年齡，不喜歡洗澡，不喜歡任何生物以任何形式觸摸他，小虎例外，揪 straight。

「不是還有小虎？」寶琳探頭往店內看。

「他忙，代理店長，巡店去了。」

「是喔，小虎代理你。」

「等我十八歲，小傑，我幫你顧店。」

小傑和張寶琳瞪大眼看羅曼。

「怎樣，我八字重，那個字不敢見我，鄭記當鋪自由、和平。」

「幫忙搬樓梯啦。」

他們架好樓梯，小傑小心取下圓框鄭。

「帶去日本掛哪裡？」羅曼碰了圓框鄭一下。

「我外公家，門口一邊掛寫了竹內次郎的木牌子，圓框鄭可以掛另一邊。」

小傑對圓框鄭說：

「哥，去了不要欺侮竹內家的木牌，我外公。你認識我媽，狠媽吧，想想她爸，如果你惹火她爸，我媽鐵把你剁成木柴，北海道冬天下雪，天天剁柴燒火爐。」

圓框鄭沒動沒搖，表情是聽你在唬爛。

「掛我家。」

「你姓羅不姓鄭。」

「掛我下鋪。小傑，你家的鄭蓉改姓羅了。」

「你不是說八字重，那個字不敢見你，圓框鄭睡下鋪你不天天失眠，嚇到尿床。」

「圓框鄭好逗陣，我哥做兵回來替他刺青，看誰怕誰。」

小傑摸摸羅蕾圓滾滾的笑臉，熱的，天氣太熱嗎？

「謝謝她，羅曼，好好照顧你老妹。」

「屁話，她姓羅，不挺她挺誰。」

「她會長大嗎？」張寶琳輕輕地問。
「黃師公沒回答我，昺法醫說她不長大最好，一世無煩惱。」
「我媽不一樣，把我媽的話轉給你們聽，提起耳朵聽好，」羅曼裝出羅媽媽聲音，「明明是個漂亮女孩，你們少亂想，去、去，少來煩我。」
「羅曼，你根本是你媽的翻版。」
「女生漂亮不代表能亂講話。」
「小傑一樣，原來你繼承你爸的當鋪，遺傳你媽的個性。」
倒是從沒想過，原來個性像老媽，好還是壞？不能想，張天師廟那位叔叔說的，想就重了，不想，屁事也沒。

小傑收了布招關了店門，貼上黃師公新寫的符咒，跟羅曼走出巷子，從張寶琳手中接過可愛的直接證據，沒注意小虎趴在店門的門框上送行，店裡也不安靜——不是吵鬧的那種不安靜，是你用心感覺，腦中浮現出許多灰影子的那種不安靜。
店內鄭燚的畫無風卻飄動，偉士牌明明多少年沒加油，無油卻閃起頭燈。
不知什麼時候，小虎已進店貼在櫃檯後的牆上，兩眼輪流盯著茶水間的塑膠地板。
這年的暑假只過了兩個多星期，還有一個半月，勢・必・繼・續・炎・熱。

Novel N
006

直接證懼：神鬼當鋪 3

作　　者｜張國立
封面插畫｜Cola Chen
封面設計｜木木 LIN
內文設計｜葉若蒂
特約主編｜許鈺祥
校　　對｜呂佳真
責任編輯｜黃文慧

出　　版｜晴好出版事業有限公司
總 編 輯｜黃文慧
副總編輯｜鍾宜君
主　　編｜鄭雅芳
編　　輯｜胡雯琳
行銷企畫｜吳孟蓉
地　　址｜231023 新北市新店區民權路 108-4 號 5 樓
網　　址｜https://www.facebook.com/QinghaoBook
電子信箱｜Qinghaobook@gmail.com
電　　話｜(02)2516-6892　傳真｜(02)2516-6891

發　　行｜遠足文化事業股份有限公司（讀書共和國出版集團）
地　　址｜231023 新北市新店區民權路 108-2 號 9 樓
電　　話｜(02)2218-1417　傳真｜(02)2218-1142
電子信箱｜service@bookrep.com.tw
郵政帳號｜19504465（戶名：遠足文化事業股份有限公司）
客服電話｜0800-221-029 團體訂購｜(02)2218-1417 分機 1124
網　　址｜www.bookrep.com.tw
法律顧問｜華洋法律事務所／蘇文生律師
印　　製｜呈靖印刷
初版一刷｜2025 年 7 月
定　　價｜420 元
ISBN｜9786267733172
EISBN（PDF）｜9786267733196
EISBN（EPUB）｜9786267733189

國家圖書館出版品預行編目 (CIP) 資料

直接證懼：神鬼當鋪 . 3 / 張國立著 . -- 初版 . -- 新北市：晴好出版事業有限公司出版：遠足文化事業股份有限公司發行, 2025.07　290 面 ; 14.8x21 公分
ISBN 978-626-7733-17-2(平裝)
863.57　　114007048